雪满天川

浥轻尘 著

浙江少年文学新星丛书·第五辑
海飞 主编

四川大学出版社

责任编辑：唐　飞
责任校对：李施余
封面设计：天恒仁文化传播
责任印制：王　炜

图书在版编目(CIP)数据

雪满天川 / 浥轻尘著. —成都：四川大学出版社，2018.11
(浙江少年文学新星丛书. 第五辑)
ISBN 978－7－5690－2578－1

Ⅰ.①雪… Ⅱ.①浥… Ⅲ.①侠义小说－中国－当代 Ⅳ.①I247.5

中国版本图书馆 CIP 数据核字（2018）第 273752 号

书　名	雪满天川
著　者	浥轻尘
出　版	四川大学出版社
地　址	成都市一环路南一段24号 (610065)
发　行	四川大学出版社
书　号	ISBN 978－7－5690－2578－1
印　刷	成都市兴雅致印务有限责任公司
成品尺寸	145 mm×210 mm
印　张	7
字　数	142 千字
版　次	2018 年 11 月第 1 版
印　次	2018 年 11 月第 1 次印刷
定　价	35.00 元

◆读者邮购本书，请与本社发行科联系。
电话：(028)85408408/(028)85401670/(028)85408023　邮政编码：610065
◆本社图书如有印装质量问题，请寄回出版社调换。
◆网址：http://press.scu.edu.cn

版权所有◆侵权必究

[浥轻尘]

本名韩涵，生于2004年9月26日，杭州市建兰中学初二学生。曾就读于杭州市舟山路幼儿园，杭州市大关小学。爱好广泛，兴趣颇杂。琵琶、古琴、国画、书法、越剧、主持皆有涉及。尤其热爱阅读写作，以笔耕为乐。

四岁

八岁

九岁

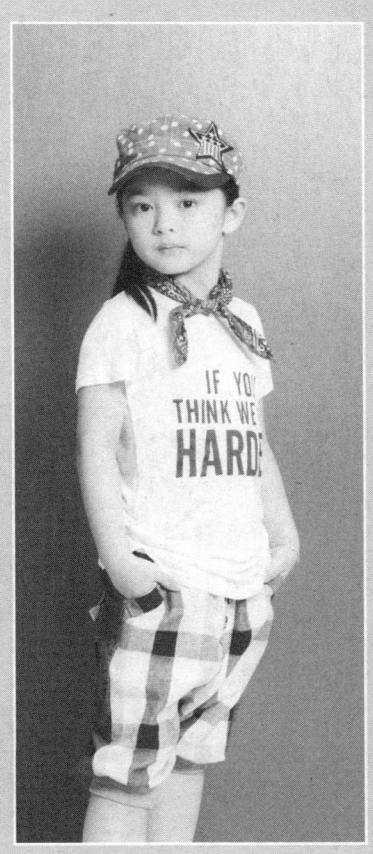

十岁

十一岁

十二岁

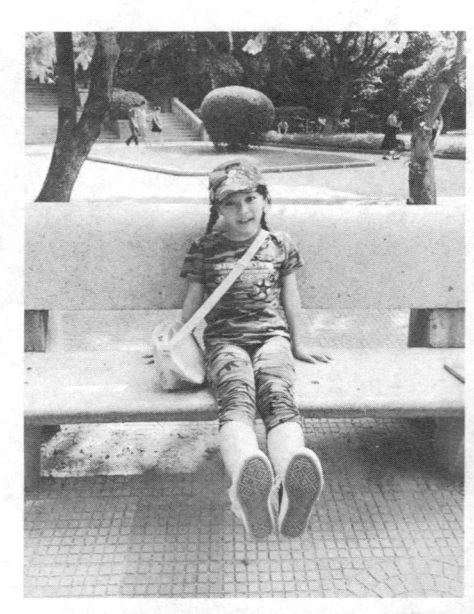

十三岁

8

9

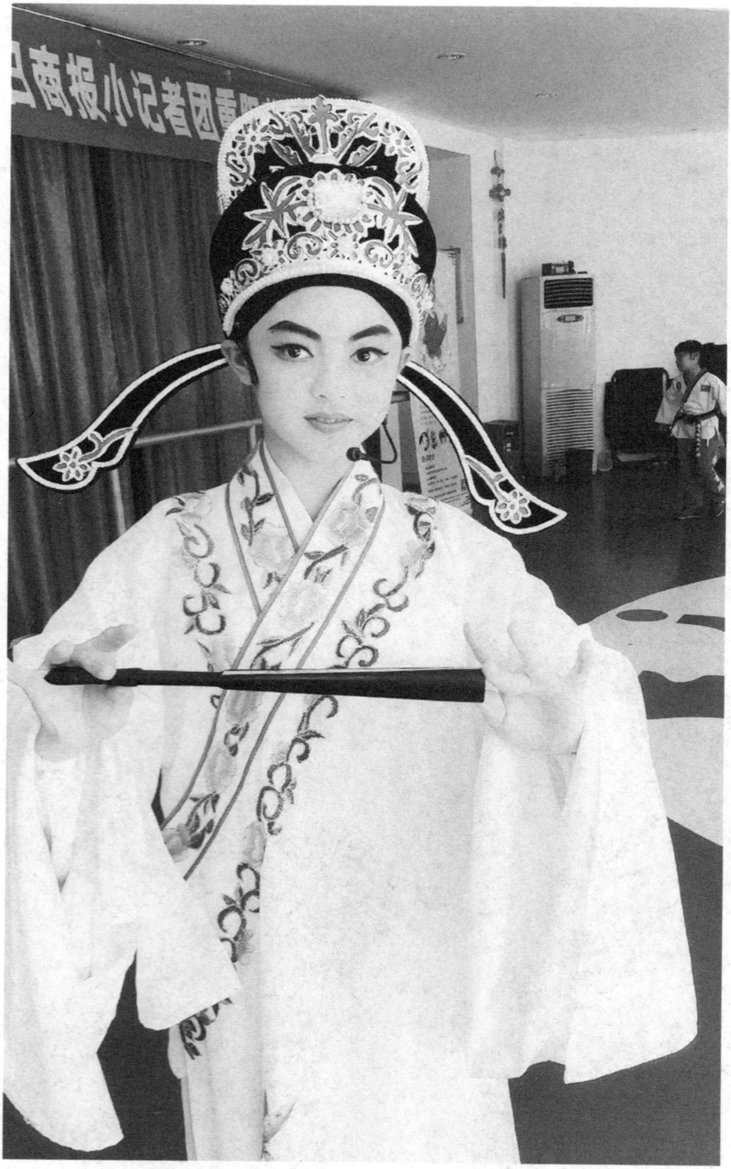
商报小记者团

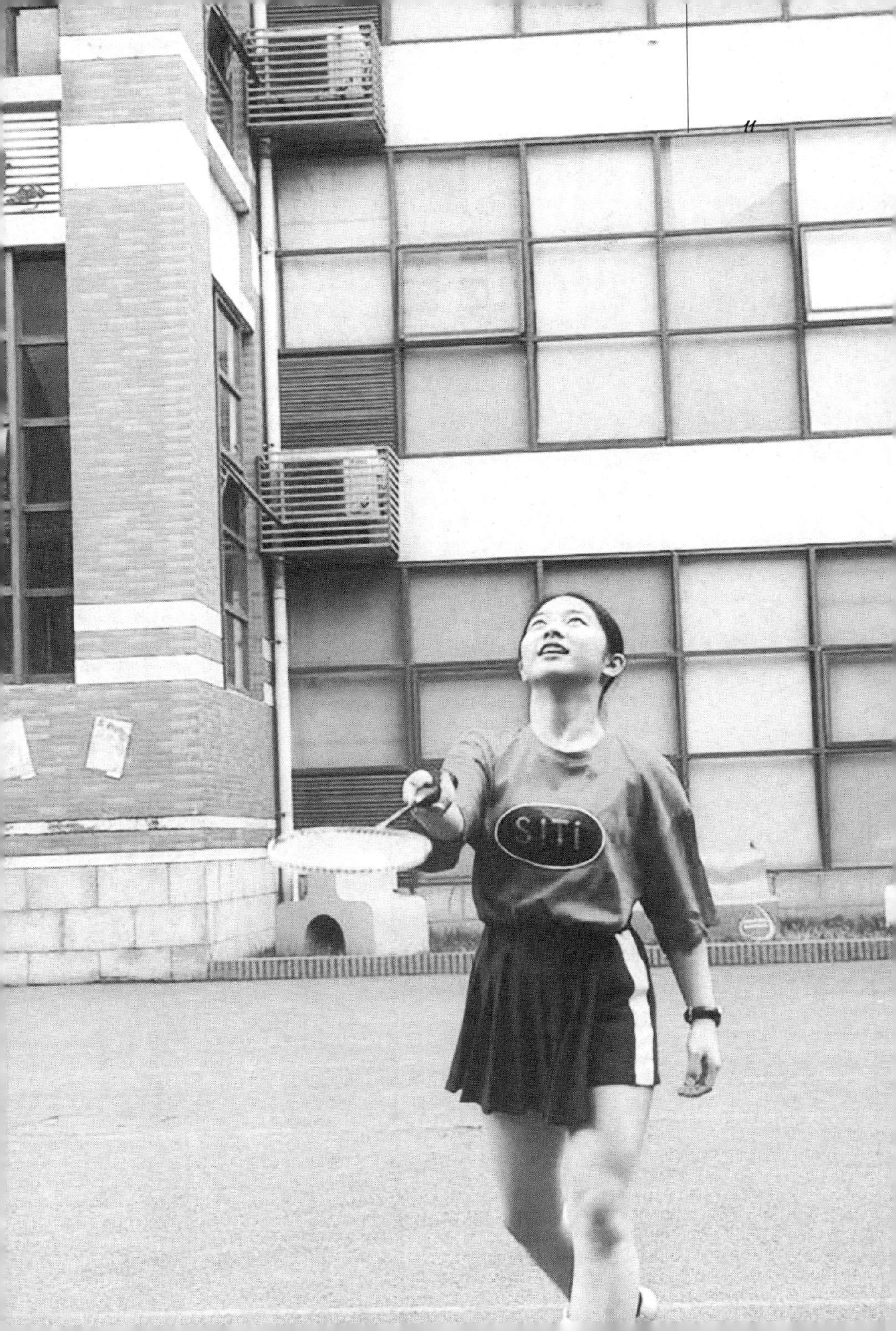
SITI

序

我为自己的书作序,纯粹只想在文前写点什么。

一个小孩子,为什么热衷于写小说呢?而且还是武侠类的。仍记得我看的第一本武侠小说,金庸的《射雕英雄传》,那时是半夜偷着看的。夜里风很冷,但身子却热得仿佛要烧起来,全本看完时手一摸枕头,早已被泪湿了大半边。从此便深陷其中,金庸、古龙、梁羽生的书多多少少都读过,不为别的,纯粹是为了快乐。

大千世界,我们大都是平凡人,哪里有机会去经历那么多轰轰烈烈的故事呢?我实在是个贪心的人,并不满足于当下的生活,所以我就把自己的心放逐,让自己的心去天涯,去四方,去提前体验一种我当下过不了,以后却注定可能要过的日子。

现实中其实我没有做一个浪子的勇气,我虽明白作为浪子的潇洒,也深知当一个浪子的苦痛。世人皆知一人一剑走天涯的绝世,却又有几人可解那独行万里的孤独?又有几人了解仅那一个"浪"字中所含有的辛酸?

关于"人性"和"爱",我有自己的理解。

小说中的每个人物,都有我身边人的影子,又可以说是我个人的分身,所以没有绝对的好坏。江湖很真实,只看你个人的立场与选择。"人性"就像是一块有棱角的玉石,玉石如果只有一面,还会美吗?你还会不顾被荆棘扎伤的危险去捡起它吗?

我尚年幼,也许没有对"爱"发表评论的资格,但我还是想表达一下我粗浅的观点,我不喜欢大人们谈论起"爱"这个字眼,就好似洪水猛兽,或好像是触到了高压电网一样的态度。在我眼里"爱"是一个很玄的概念,我找不到合适的喻体来描述,但至少我知道,它是多面及复杂的,但绝不是难以启齿的。它可以是酸涩的,甚至是痛苦的,但绝不是那样的。

也许是活得太认真了吧,竟觉得生活很像故事,骗着人进故事里去生活,人进去以后,控制不住地提起笔来,常常惹得自己长吁短叹。

我沉沦于武侠的意境,就像"雪满天川"这四个字本身一样,似没有什么人来过,也没有人离开,无论那雪下埋藏了什么,马蹄、刀剑、爱恨,又或是思念。当年的一切都只化作静静的雪,白茫茫一片。很多事情何必太在意呢?"成败"二字轻矣,十年之后又是一番天地,人生又有几个十年?是的,不多,但对我而言,足矣!

莫笑我一纸轻狂,只因我正青春年少。

也许你已不是少年,但仍可有那样一颗心,一颗无惧天下、无悔天涯的心。

这也许才是武侠最大的意义吧。

内容简介

　　武侠中篇小说。讲述了明朝末期，江湖中的恩怨传奇，国家衰亡下的人生挣扎。书中有家国情怀，亦有儿女情长。出版的意义在于塑造一个属于作者心目中快意恩仇的江湖，展现自己对正邪的观点，对"侠"的属于作者的定义。希望刻画出真实的人性，表现出英雄也是人的思想。

目录

- 001 一、城下烟波
- 005 二、翩若惊鸿
- 010 三、烛影珠玑
- 017 四、清明时节
- 024 五、溯洄从之
- 032 六、落日故人
- 037 七、晓风残月
- 045 八、小楼东风
- 068 九、惊世骇俗
- 083 十、江上舟摇

095　十一、夜半钟声
108　十二、砌下落梅
120　十三、飞花有意
132　十四、心悦君兮
147　十五、无奈归心
157　十六、人生若只
168　十七、呦呦鹿鸣
175　十八、望尽天涯
187　十九、陌上红尘
198　二十、风烟俱静

一、城下烟波

晚春。

姑苏,现在是天下最出名的地方。一切都是那样不紧不慢,好似世外桃源。不息的狼烟烧不到这里,这里有的只是烟草的木香。北方的金戈铁马离这里太过遥远,柔软的春水冲淡了浓重的硝烟味,将真相淹没,只留下星星点点的幻影。

光是这一点,在眼下看来早已成了天下的奇闻。这自然吸引了难以数计的官宦商贾。不计昼夜,醉生梦死,大叠大叠的银票不停地流转着,纸醉金迷,笙歌不绝。

江上。

舟不大,但很精致,正如这小小的城。

只听一人道:"贤弟,此次来姑苏除叙旧外,不知另有何贵干?"

"周兄,实不相瞒,此次前来,是随祖父采办丝绸。"

雾霭氤氲,人影绰绰。

"贤弟,恕我公务繁杂,今日不能相陪,若是贤弟还未尽兴,明日惊鸿楼上再叙。"只听得另一人道。

舟中沉寂片刻。但如水的寂静立马被白瓷清脆的响声打破了。

"周全周大人能请我一叙,吴某一介布衣,自当相陪。今日时日不早,先行告辞了。"

那姓吴的少年泊船岸边,跃上岸去,向周全一欠身,转身消失在人海中。

随云客栈。

酒旗在几声吴音中飘飘摇摇。

随云客栈前人声鼎沸，但客栈里倒甚是清静，毕竟有些地方，也不是人人皆可来往的。

少年在雅间的门前停住脚步，刚欲推门，闻内有人道："你去干什么了？"

"回祖父大人，去……"，少年回身关上门，不知该说什么。

"吴佾！"老者一顿，叫吴佾的少年忙知趣地把头低得更低。

"你明知此行不易，我向你父帅求了多次，他才让你离开边塞。此次来姑苏，山高路远。一来，让你多历练，见世面，采办丝绸；二来，姑苏向来人潮来往，官员无数，是结交当朝贤达的好机会，好谋个一官半职能有个大好前程。今日你理应去兴福庄采办，拜访应天巡抚，而你呢？不办丝绸，只知游山玩水，如此如何效忠报国，光耀门楣啊？"

少年微微皱了皱眉，但仍是不语。

老者将茶碗一放，语气缓和了不少，"姑苏你不甚熟悉，不会独游太湖，一定有人陪同，是不是稼青？"

少年垂下眼帘，躬身道："不，是浙江布政使周全邀我泛舟游赏。前几年曾一同听讲，与他有过一面之缘。孩儿想他是官府中人，才去的。"

少年轻轻抬眼，瞥见老者双眉轻舒，知道这话祖父听了顺心，心下也松了口气，又道："明日，他还邀我惊鸿楼一聚，不知……"

老者见了他孙儿甚是乖巧伶俐的神色，微微点了点头，双目一闭,一挥手,不再说话,吴伢拂衣而去。

夜,很深。然而城未睡,人未眠,喧嚣依旧。

客栈的灯忽明忽暗,吴伢漫步小院。春意正阑珊。

有什么用呢?

近日来,祖父常将学优登仕、效忠报国等话挂在嘴边。可他并不想踏入官场,更不愿像他父亲那样沉浮于宦海,费尽心机,步步为营,只为在朝中博得一席之地。

可是他又能做什么?无非是去伪装罢了。

他忽然笑了。

不过,那些都留到明日吧。

清音起于江上,说不清是琴是笛,和着风声灌入吴伢耳中,他忽觉清醒了好些,乐声不紧不慢地奏着,他也不紧不慢地听着。

他突然回首,冲院子里轻声唤道:"稼青。"

闻声走出来一个清秀小厮。

"稼青,你看湖上的楼船是哪家的?"吴伢一指灯火阑珊处。

稼青一笑,两人并肩而立。

"少爷,你还需问我吗?这只怕就是姑苏最有名的那家了,少爷怎会不晓?"

"惊鸿楼?"

"惊鸿仙子。"

"真是传言中的惊鸿门?"

"不假。"

乐声顺着风传来,有凉意,伴一丝丝的甜,让人舍不得离开,夜才是这里最真实的风情,一切都清晰可见,却又被随意地糊作一团，抛在水波间轻轻晕开。

是寒，是暖。

一时间，两人都没有开口，任风微微过。

吴佾见四下无人，轻道："小师兄？"

稼青一愣，随即淡淡应道："嗯？"

"那么多年了，又到了姑苏。"

又是沉默。

"你不去找找他吗？也许他还在的。"吴佾接着道。

"有的人或物走了，找不回来的。"稼青脸上挂着一丝淡淡的笑，看着水波远去。

吴佾皱了皱眉，道："不想笑的时候就不要伪装。明明放不下，就不要像别人一样假装无所谓，那样……"

"你不也一样吗？"稼青忽然转过身来，看着吴佾。

谁又不是如此呢？

又是一阵短暂的沉默后，吴佾道："说实话我想知道，他到底是谁？当年为什么那样隐秘？传我武功、又让你跟着我、与我结拜，却又不告诉我他是谁。"

"他有太多面了，而且有太多你不知道的面。"稼青的言语间冷了几分。

吴佾无法反驳，他和师兄稼青都是师从一人，而他们的师父却教了他们完全不同的武功，犹如出自两人之手。

吴佾皱眉道："那惊鸿门呢？惊鸿仙子呢？你为什么总是缄口不言？你明知道没有表面那样简单的。为什么不说？为什么不告诉我？"

"这和他是一样的，你没必要知道，而且知道了也只会带给你麻烦。"稼青背着手，望着悠悠的夜色。

"近来的姑苏,不会安定的,一切都要开始有变数了。你小心些,我怕是无暇顾及你了。"

"小师……"

"还有,在旁人面前与我疏远些,我怕会牵连你。"

兀鹰已布下爪牙,只等时机一到,便要血溅万里。

宫灯又开始闪烁,乐声远了,院中又陷入了沉默。

"那些都留到明天吧。"

二、翩若惊鸿

姑苏城,随云客栈。

宝马肥,华车轻。

吴俏上了车,伸手把稼青也拉了上来,稼青轻轻一皱眉,却没再说什么。

马车缓行,一路无话。

烟尘在一处规格极大的建筑前停歇,已是黄昏时分,幽幽的灯光勾勒出惊鸿楼的轮廓,极大一片,却又不显笨重。

稼青搀着吴俏下了车。

姑苏的烟花柳巷,也有三六九等之分,不用说,惊鸿楼自然是最高的那一等。比起肉体上的欢愉,这寻的是精神上的满足。同样,这里的诗词歌赋、风花雪月,也非一般凡夫俗子可欣赏,来人的身份高了,这惊鸿楼的身份也就高了。

周仝早已在厅前等候,吴俏瞥见他身后有一位女子,掩着厚厚的面纱,看不清她的脸,吴俏不便多问,略微寒暄几句,便随惊鸿楼的总管陈妈进了正厅。

每夜，惊鸿楼来客无数，或听一支小曲、或看一段舞蹈。不计其数的银票如流水般涌入惊鸿楼，惊鸿楼的总管陈妈，也乐开了花。尽管她已是半老徐娘，但谁都看得出，她年轻时是个不可多得的美人。虽说她是个不折不扣的俗人，但有一点她与其它老鸨截然不同，不论旁人怎样劝，她都不妥协——她不许客人过夜。

楼下早已人声鼎沸，楼上却静如止水，又有谁相信，这人潮来往的烟花柳巷间，有如此清静之地。

"惊鸿仙子？"声音幽幽传来。

"商寻？"

阴影中的来人笑了笑，半张脸遮在面具下，看不清是悲是喜。

阶上，只有一个人。

"下去一回吧，楼下有你想见的人。"

阶上的人并未说话，只是望着楼下的人笑了笑。

金玉摇动，眸转疑星，她在看谁？那人真是她想见的那个人吗？

不，过去太久了。世上有那么多人，她凭什么有如此运气，在其间遇见她想见的人？

但她愿意去试试看，只要有一丝相像的，她都愿意去相信，不论是王侯将相，又或者只是一个平凡人。

犹如这里的每一个夜晚一样，乐声奏起了，杯盘狼藉了，人醉了。

人为什么总喜欢喝酒呢？

也许只是因为想像故事中说的一样，豪饮一杯。

但是为什么一定要喝醉呢？

明知肆无忌惮后，换来的是无尽的眩晕和痛苦，为什么还要去肆无忌惮呢？

也许是因为闷了太久，想消释吧。

索性就痛个彻底吧，总有一段时间可以完完全全忘掉，醉了、忘了、忘却了痛苦，也可以暂时被痛苦忘却。

所以周全喝，肆无忌惮地喝，他早已通晓此中道理。而吴佾却才刚明白，他本身酒量一般，经周全一灌，更是醉得厉害，眼前有些模糊了。

醉里看人，成双成对。

厅中那歌女仍不息地弄着箫，箫上的流苏飞舞，呼吸之间，就像虫子似的在他心上钻。

周全又将酒杯捧到他嘴边，吴佾忽然想起刚看见的周全身边的女子，脑中电光火石的一闪，要是他也能有个意中人……但这念头立刻又断了，这念头的主人，也立刻觉得不应该而羞愧。

他来这里做什么？难道不是为了自己的前程吗？那么现在这样又算什么？昨天为什么又这样理所当然地答应了呢？还是说，这可以证明自己心里，对于这此行的目的是不赞同的？

他暂时不想去猜测了，他第一次发现看透自己，也是那么难。

醉时的东西，总是看起来分外的有吸引力，那吹箫女子在吴佾眼中也特别的诱人，但是却又不像是心动。

"那就是莫绯姑娘吧。"

"堆琼女莫绯,果然美得不可方物。"

"谁说不是呢,只是不知惊鸿仙子到底是怎样的人物,竟能在她之上?"

吴佾听着,就像听着一个传说中的故事,酒劲慢慢上来,他有些恍惚,竟忘了自己刚才所想的一切。

人声猛地在耳边淡了,然而过了电光火石的几秒,又渐渐响起来。

仿佛是早有安排,正在醉乡深处,百转千回,他抬眼遇见了她的目光。

惊鸿仙子?

心好像是漏了一拍,人忽地惊醒,却又醉得更深。

此行的险恶、多少的恩怨、血雨腥风,他都看不见。

所有人见了她都会心动的吧,不光是男人,连女人也一样。

只是吴佾觉得心中不仅是心动,还多了什么,却更强烈。就像展柜中的古玩文物,美得令人不敢直视,却又忍不住想靠近。

前世今生,奈何桥畔,他可曾见过她?

清音又奏了起来,犹如昨日在江上,但这次似不同了。

他的神经麻木了,血液也似凝固,他早已忘乎所以。

琴音悠然,他却听不清唱的是什么,这又有什么关系呢?

但无论何时世上总有人是清醒的。

多少帘幕后,阴影中的人轻轻一笑。

曲一首接着一首,酒一杯接一杯。

吴佾只觉头渐渐沉重,视野中的她,也渐渐模糊……

正在此时,万千盏灯骤然尽灭,还好正是月夜,借着月光,也可依稀辨出人影。

这到底是一场逢场作戏的风月？还是何人布下的死局？无论如何，一切都已不可挽回地开始了，吴佾心中一惊，却立刻又冷静了下来，酒却醒了大半。

　　一道风声从他耳边呼啸而过。

　　是暗器。但目标不是他。

　　果然，他轻轻一笑，谁已经等不及要出手了吗？

　　谁策划的？他们要杀谁？厅中那么多公子，那么多歌女，难道这人就在其中？

　　黑暗中似有千条人影晃动，风声不断，琴音不止。

　　宫灯又开始明暗闪烁，从灭灯到再亮，不过犹如睁眼闭眼，厅上人也都只当作是意外，吴佾心中却一片清明。

　　华丽的厅中，那位绝代佳人惊鸿仙子仍然只是抚琴。那歌女莫绯的箫声也一成不变，仿佛一切都已被忘却。

　　吴佾暗暗摇头，以惊鸿仙子的实力，又怎会不知这是一场精心布置的局？

　　那她又为什么要装作不知？她想隐瞒什么？

　　莫绯呢？她又是什么人？吴佾明白她绝不是平庸之辈，那她又为什么装聋作哑？

　　他内心焦躁不安，无心再坐下去，起身欲走，却被稼青暗暗拉住。见他微微皱眉，吴佾也定了定神。

　　周全仍在喝，也在劝别人喝。

　　再次看周围的笙歌景象，却犹如变了模样。

　　只有厅中的她，依然如旧，让他越发失魂落魄。

　　有多少人清醒？有多少人假装？

　　帘幕后，那人已悄悄不见。

三、烛影珠玑

　　稼青扶着吴佾上了车，人已散了。
　　赶车人仍如来时一般，马蹄扬起一路烟尘。
　　车内有些昏暗，看不清车外，只是模糊可见过了一片树林。
　　蹄声仍是不紧不慢，稼青轻轻用手扣着车壁。
　　赶车人仍没有发话，一切的繁华背景恍若隔世。
　　蹄声齐整犹如一匹马，但稼青仍可听出，暗中又有不少人，跟在两侧树林间。
　　一匹，两匹……他微微眯起了眼，人都要来齐了吗？
　　望了一眼身边半梦半醒的吴佾，稼青笑了，这是一群很棘手的人，看来这次，他要一个人对付了。
　　越接近林子，蹄声越发清晰，却齐齐整整，都在同一点上，仍是犹如一匹马。只是他早已嗅到浓郁的危险气息。
　　马车瞬间四分五裂，木片散落在林间。
　　那赶车人笑了，落在稼青面前，脸上仍掩着纱。
　　"快走。"稼青低声对吴佾道。
　　吴佾张了张口，终没说什么。
　　这些事，已经不是他可以插手的了，能安全回到客栈，便已是帮了师兄的忙。
　　那赶车人又笑了，望着吴佾的身影消失在林间。
　　她摘下白纱，正是惊鸿楼门前周仝身后的那女子。
　　"无关的人都走了，我们也可以直来直往了。"

稼青分不清暗中究竟有多少人，但他也只是笑了笑。

"我早就该猜到，天下骑术如此精湛的门派，恐怕也只有一个。"

折柳门。

"莫焉，你带出来的人，虽然还是差了些火候，但总比你姐姐莫绯安排的闹剧好。"

莫焉笑了。

"不错，惊鸿楼的酒都没有把你迷倒，也算你的本事。"

稼青转头望向林间。

"这些年我从不喝酒。"

风很冷。一时间无人开口。

"找你可真费了姐妹们一番功夫，不知这次你还能有什么好运气躲到哪里去。"

"这话，应该我问你。"

破风一啸，暗中犹如有千千万万条人影闪出。

莫焉咯咯地笑了起来："可是你忘了，我们有很多人。"

猛然间，一道白光从稼青袖中射出，莫焉一拂袖，打落在地。

"有长进。"稼青拂了拂袖，似乎漫不经心。

"以前吃过的亏，我绝不会再栽第二次。"

软鞭扬起一地烟尘，树叶被剑气削得七零八落。

吴佾坐在室中，心前所未有地乱。

那惊鸿楼的意外是谁一手策划的？

难道是……周仝？

再想想，却又觉得不可能。

但除了他，还有谁？

他只是心里不想承认罢了。

他曾与自己同窗，明知自己不会喝酒，为何还劝个不停？是想把自己灌醉，掩他耳目吗？再者，周全生性多疑，出了这乱子，他怎没有查明？容得蒙混过去？

那今晚的一切都是他策划的？

他和那赶车人又有什么关系？

他与他的同窗情谊，也许只是区区的年少轻狂，他不管周全怎么看，但在他吴佾心中，就算是一时鲁莽他也不在乎，他当真了。

难道这从头到尾就是一个骗局？谁当真，谁就输了？

他突然发觉自己很无奈，原来世上还有那么多事，他无法解决。

稼青呢？看那群女子都不是省油的灯，稼青纵使厉害，又怎能敌得过那么多人？

他正想着，厢房的门猛地被撞开了。

他奔到门前。

果然，他心中隐隐作痛，稼青满身是血，早已晕了过去，他忙上前将他扶到椅上坐下，却发现，门外还有一个人。

来人戴着斗笠，看不清他的脸，一身黑衣，样式极其简单，却又不单调，绣着精致得令人咋舌的云纹。

那来人一言不发，只是将一个小包放在桌上，转身便要走。

"少侠留步。"

那人顿住，回头。

"少侠姓字名谁？"

那人顿了一阵。

"我的名字,你还是莫要知道的好。"人已然不见。

吴佾心中奇怪,却也不好去追,忙着要给稼青治伤。

那人带来一个用锦帕包着的包裹,里面是一些药粉,还有一张字条,字条上无非是如何服药一类的话。

唯独那张绢帕,带着幽幽的檀香,深深地摄走了他的魂。

绢帕上一只飞鸿,"顾元夕"三字占据了他的眼帘。

那惊鸿仙子,叫顾元夕?

他正出神,听得稼青咳嗽,忙拿起那药粉回过身。

天将明。

稼青缓缓睁眼,却见吴佾坐在床边,对着锦帕笑。

见稼青醒了,吴佾忙放下绢帕。

"小师兄,没事吧?"言语之中,关切之意溢于言表。

见稼青摇了摇头,吴佾沉默了一阵,低声问道:"刚才那人,可是惊鸿仙子?"

"绝对不是。"稼青缓缓支起身,"虽然看不清那人的脸,但我确定那不是她。"

"为什么?"

"那人身上,带着非比寻常的气息,而且那人……"

"嗯?"吴佾微微皱起了眉。

稼青正色道:"吴佾,你说是惊鸿仙子厉害,还是师傅厉害?"

"自然是师傅。"

"好,那我告诉你,那人并未展露全部武功,可我已看得出,那人绝对在师傅之上。"

沉默了一阵,稼青道:"你知道我中毒了吧。"

"嗯。"

"你可知我中的是什么毒？"

见吴佾不语，稼青道："折柳门的销金散。"

一抹惊诧闪过吴佾脸上。

销金散，中毒后两个时辰内，人就会从内脏开始腐烂。

可不是人尽皆知，销金散无药可解吗？

那来人哪来的解药？

"惊鸿仙子纵使再厉害，也不会有这种解药。"

来人是谁？为什么不报姓名？为什么要用惊鸿仙子的名义帮他？

又是一阵短暂的沉默。

"那赶车人……"

稼青笑着摇了摇头："那是折柳门的堂主莫焉。"

又是折柳门。

江湖上早有七大门派之说，除了武当、少林、昆仑、峨眉、华山、崆峒、点苍外，最有名的便是折柳门，各个门派都有自己的管辖范围，而折柳门，就在塞上江南——宁夏。

折柳门虽是后起之秀，但实力不可小觑，更何况上届的武林盟会，折柳门也参加了，这说明中原武林已承认了折柳门在武林中的地位。

自新掌门上任后，折柳门势力越来越大，从塞上江南，到玉门关一带，都遍布了它的势力，大有将崆峒派取而代之之意。

但当今武林第一大门派武当，也坐视不理，睁一只眼闭一只眼，因为折柳门与崆峒派势力的差距不是一星半点。

"那么，"吴佾道，"厅上那吹箫的便是折柳门另一位堂主莫绯了？"

"不错。"

折柳门共分四堂，有四位堂主，堂主又由掌门管辖。现任的四位堂主中，有两位是姐妹，便是莫绯、莫焉。

吴佾打了个冷颤，怪不得稼青伤得那么重，那两人，算是当今江湖上女子中武功最高的一等。

"那折柳门为什么要派两位堂主千里迢迢来江南？"

"他们的目标，是惊鸿仙子和我。"

"你？"吴佾一时语塞。

一阵短暂的沉默，吴佾道："你到底是什么人？"

稼青冷冷道："你不必知晓。"

那么，吴佾暗想，那厅中的暗器也是冲惊鸿仙子去的吧。

折柳门和惊鸿门有何愁何怨？和稼青又有什么关系？

他知道这不是他可以涉足的，可是这叫他如何置身事外？

"其实我们一出宁远，便有人跟着了吧。"

稼青点了点头。

"也是折柳门？"

稼青默认。

"当今折柳门的掌门，是何人？"

"哦？"稼青挑了挑眉，"你不知道？"

吴佾不语。

"好，我问你，周仝是什么人。"

"他是……"

他是什么人？吴佾也无法回答。

"不知道也好。"稼青望向窗边。

惊鸿楼。

惊鸿仙子顾元夕坐在窗前。

"你回来了。"

商寻擦净手上的血迹，并未发话。

顾元夕猛地回头。

"到底是不是他！"

见商寻手上的血迹，顾元夕站起身道："他出事了？他在哪里？我去见他！"

顾元夕想推门而出，却被商寻挡住。

"你冷静一些。"商寻道。

"你叫我怎么冷静？我活了二十多年，自遇到你才知道我有个弟弟，我处心积虑三年，才找到他的踪迹。你叫我怎么冷静？"

商寻叹了口气。

"他的确是你弟弟，但你不能去见他。"

"为什么？"顾元夕立住了。

"惊鸿门纵横江湖那么些年，没少结怨吧。"

"你想怎样？"

"现在折柳门也在寻他，若是你去寻他，岂不是违背了当初送走他的初衷？"

顾元夕不语。

"你见他越多，他的危险就越大。"

"那他怎样了？"顾元夕冷静了下来，悄声问。

"解药我已送去了，应该没事了。"

顾元夕又坐下，道："你怎确定就是他？"

商寻放下茶碗道："他们一出宁远我便派人跟随，当然折柳门也派人跟着了,他和吴佾也察觉到了,但应该没有发现我派的人。开始我也只是接到探子的风声,但在林间见了他的武功招式后我确定了,他就是你弟弟。这点,我不会看错。"

"你为什么要帮我?"

"这是个老问题了。"商寻厌倦地道,"这就是一笔交易。"

"还有,"商寻不紧不慢地道,"我是以你的名义去送的药。"

顾元夕立马警觉起来,却发现身上的绢帕已然不见了。

"混账。"她轻轻骂了一声。

"难道你不愿意以你的名义帮一次那个吴公子?"

顾元夕回身欲再骂他一句,还未转头,却发觉开不了口。

奇怪,自己怎会这样?而且她心中那么深的事,怎那么快就被身后的人知道了?

她在心中暗骂,商寻果然是个怪物。

四、清明时节

清明。

顾元夕坐在窗前。

楼下有数不清的人,也许都是去祭祖的。

吴佾呢?是否也在这些人间?

再次扶上琴弦,却总是弹错了,为什么又会想到他?

她轻轻皱起了眉,可恼。自己什么时候变成了一个俗人。

本来一开始,她只是因为稼青才注意到了吴佾,但不知为什么,那次以后,他注意到了她,她也注意到了他。但她不愿点破。

她不信命，也不信缘，她觉得那都是一些毫无根据的胡言乱语。

可是除了这两样，还有什么可以解释她反常的行为呢？

她，惊鸿仙子，出入青楼那么多年，怎么就轻易陷进去了呢？

罢了，她起身回头，却看见了现在最不想看见的人。

来人正是那天点破她心事的人——商寻。

不等顾元夕反应，他已解下了自己的斗笠，轻轻为她戴上。

顾元夕正自出神，忽觉耳边一热，微怒道："你做什么？"

商寻笑了，贴着她的耳朵悄声道："只有这样，才不会有人怀疑我。"

顾元夕抬眼看他，一时间不知所措。

"走。"商寻悄声道，"傍晚再回来。"

"为什么？"顾元夕亦悄声道。

"折柳。"

楼下。

雨街泥泞而潮湿，人来人往。

稼青压低斗笠，快速穿行在人潮间。

转过惊鸿楼，稼青松了一口气。

街边开着一家不知名的酒馆，在这雨天分外热闹。

稼青快速穿行而过，却未见酒旗下那穿着青布衣的人半眯着的眼轻轻张开。

快天晴了呢。

走过了不知几个巷子，拐了不知几个弯。

到了死胡同。

稼青猛地回身。

白光一闪，一把短剑从袖中飞出。

那青衣人也停住。

"你跟了我那么久，意欲何为？"

那人轻轻挑开剑尖道："顾二公子，多年不见，长进不小。"

那人阴影中的脸清晰起来，一只眼睛黯然无光。

"莫先生，多说无益。"

"是吗？那时我盲了一目，你与吴佾二人尚不是我对手，如今也不会改变。"

稼青咬了咬下唇。

莫先生是折柳门四位堂主之首，是如今折柳门中资历最深的人，当年他与吴佾离开姑苏时曾与他交过手，两人尚与他打平。只是稼青当时也不甚在意，未深究他的身份。这些年来，想他武功也精进不少，只怕不是他对手。

"顾二公子真是上心，明知会被我截住却还是要去给你姊姊送信，真是情深义重，可惜你姊姊也运气不佳，只怕难敌我折柳门三大堂主、一位掌门。"

稼青笑了。

"笑什么？"

"只怕这次，你要失策了。"

惊诧在莫先生脸上停留了一秒，散去了。

莫先生饶有趣味地看着稼青，玩味着为什么到了如此境地，他还能笑得出来。

"很可惜，你没有机会看见我失策的模样了。"

莫先生折下一段柳枝，溅下一地水花。

折柳送别，送至黄泉。

"雨停了。"稼青冷冷道。

"杀人果然还是要选晴天。"

"你是说折柳调动了三大堂主和掌门来杀我？"顾元夕问道。

"嗯。"

"这种绝密的安排，你怎会知道？"

"我说了，"商寻漫不经心地道，"天下没有我查不到的事。"

"而且，"他微微一探身，"这次提供情报的正是令弟。"

顾元夕一惊非小。

"急什么，为他姊姊做事，不是理所当然吗？"

顾元夕有些生气，尽管她知道他在帮她，可是心中总有些不快，关于自己的身世，她都所知甚微，而他却知道得那么全面，他们本就只是交易关系，这叫她又难以启齿相问。他到底是谁？他怎会知道那么多？他又怎会有那么大势力？

"这样做难道不怕他再卷入江湖？"顾元夕一皱眉。

"他已经走不了了。"

顾元夕一时语塞。

"罢了，"商寻叹了口气，"我会派人暗中护着他的。"

他为什么要这样迁就她？这好像已超出了原本的利益关系。

"再不走就来不及了。"

"为什么？正该与折柳门正面交手了。"

商寻笑着叹了口气："你太过自负了。"

顾元夕咬了咬唇，想再说什么，身子却已离开。

雨滴在地上。

巷子。

"你败了。"莫先生缓缓道。

虽然没有动手，但稼青心中清楚，他早已败了。

打败他的不是莫先生，而是他的信心。

稼青沉默良久，只是摇了摇头。

短剑垂下。

"莫先生，今日我败给你，不代表我一生败给你，他日，江湖再见。"

若是以一次交手论成败，那岂不是看错了人？

所以他不在乎一次的成败，他只想要最终结果。

短剑掷地，稼青与莫先生擦肩而过，似乎什么都没有发生过。

人已然走远了，只留下一地泥泞。

莫先生眯起了眼："陆渊的徒弟，果然还是不同的。"

惊鸿楼。

白天，这里很清静，到了晚上才会热闹起来，华丽的帷幕在白日静静封尘。

四下无人。

一个声音幽幽传来。"周大人还真是声势浩大呢。"

又一人道："阁下说笑了，略尽礼数罢了。"

门后转出四人。

来的四人都戴着斗篷，犹如从一个模子里刻出来的，除下斗篷才发现，是两男两女。

两个女子不必说，正是莫绯和莫焉，男子中年纪略长一些的，也不面生。

除了骑术，折柳门还有一大绝学，便是易容。

而掌管易容的堂主，正是这位千面郎君，檀冉。

檀冉也算是江湖上极为神秘的一号人物，易容之术在江湖上首屈一指，没人知道他何时入的折柳门，也没人知道他的过往，仿佛他就是一张白纸，却一夜之间，成了这雄霸一方门派的堂主，这也为他本人添上了极富传奇色彩的一笔。

厅中仍然无人，但有人声传来："折柳掌门——胡少猋，周全周大人。"

胡少猋笑了，整了整衣襟。

"有劳少侠久等了。今日前来，只为一事。"

"谈，乐意恭听。"那声音懒懒道，"打，奉陪到底。"

风吹了起来，帘幕飞扬，风声萧萧而过，犹如鬼嚎，虽是白日，屋中却顿时阴气横生。阴影仿佛露出了一张脸，半面如仙，另一半面，却爬满了伤疤，犹如恶鬼。

四人头上冷汗细细密密地落下。

胡少猋心中一冷。

真的是他？

江湖上不是早有传言，他再不复出了吗？甚至亦有传闻，他早已去世？

不对啊，他若尚在人世，应年过花甲，可为什么声音仍如少年一样？

虽然并未看见他，胡少猋也并未真正见过他，但他仍可以确定，与传闻中的一般无二。

那声音，那语气，还有那平白而来的阴气，都只会是他，这样的人，天下只有一个。

也从未有闻他有后人，那……

难道他真的本就是魔，本就是鬼？

这样的氛围也只可能来自一个地方。

可是那个地方不是早已不复存在了吗？

未知的恐惧扼住了他的喉，他竟一时无言。

"胡少掌门，我想我们还是谈吧。"

犹如玻璃骤然打碎，阴气渐渐散了不少。

胡少筱沉默了。

"你想怎样？"

"掌门不必心烦，现在我还无意寻贵派麻烦。但若是掌门有事烦劳，我一定奉陪。"

这到底是谁？会不会是有人伪装？

以他们四人的实力，若动起武来，只怕当今武林盟主武当清虚道长也难以相敌。

但胡少筱就是犹豫了。

"阁下……"

"哦？掌门何事相诸？"

语气仍是那么漫不经心，阴气却又重新重了起来。

如此诡诈的气氛，除了他，还能有谁？

风又起，梁间似乎萦绕着不知是谁凄厉的笑声。

这一次，不必确认，就是他！

胡少筱迟疑半晌。

"告辞。"

五、溯洄从之

　　风吹干了幽草上的露珠，拂上吴佾的脸。
　　借问酒家何处？
　　有些事，也不是酒就可以解决的。
　　他真可笑，好好的世家子弟不做，偏偏因为好奇之心，卷进了江湖之争。
　　死亡已多次警告他离开，可是他却明知故犯地踏进了陷阱。
　　他舍不得走了。
　　也许他天生就不满足于安乐吧，也许这一切，才是他期待的。
　　又或者，有更简单的理由，为了她，顾元夕。
　　他不知道她有没有注意到他，但他似乎已难以自拔。
　　他不在乎她是不是惊鸿仙子，她有多少鲜为人知的过去，但是他就是深深浅浅地在乎她。
　　开始也许还可以用稼青的事为借口，可后来呢？那一次又一次的接近又是在期待什么？
　　他原先觉得，感情这东西太玄，两人互不干连，怎就会心意大动。现在他才知道，这一切早已不受他的控制。
　　他最反感百转千回、缠来绕去的事了，可是好像是谁故意开玩笑似的，他把自己绕进去了。
　　从前，他总信誓旦旦地觉得，他吴佾绝不是这等世俗的人，但自从遇到她,偏偏就那样不争气了。

有些思怅,却又有些欢喜。

几日后就要上京武试,他心中的事就快永远封尘了。

奇怪,他又怎会有些不甘呢?

他忘记了自己的使命,忘记了来姑苏的目的,忘记了身边的血雨腥风。自从遇见了她,什么事都已被抛诸脑后。

他不知这是该还是不该。

尘土飞扬,人潮来往。

那么多人中,好像只有她是那样特殊。

哪里特殊?他不知道。

看着手上的香烛,他笑了。

他以为自母亲死后,他再也不会在乎旁的女人。

但是现在……

当时,他伤心欲绝。

而现在,也无非是跟着人潮,一样地去祭奠。

一切往事,都会慢慢被忘掉吧。

可是为什么就忘不掉她呢?

江边。

刚刚下过雨,雾气弥漫。

朦朦胧胧,就像他的她。

柳树下,是他曾经最爱的人的归宿,是世上,最关心他的人的冢。

香烛插入土中,青烟袅袅。

天各一方,愿你安好。

来世再见吧。

再见吧。
他不知这算对谁的诀别。
大雾弥漫。
吴伢起身，却顿住。
有佳人，在水一方。
看不见人，只有一个隐隐约约的影子。
但他毫不怀疑，是她。
他没有判断依据，除了他的本能。但是他深信不疑。
她也在？
她是来做什么的？
吴伢笑了。
世上最大的悲哀，不是你我相隔海角天涯，而是我就在你身后，你却不知我的心意。
也许在离开之前，能再看到这个人，已经是上天的眷顾了吧，他还奢求什么呢？
他正想转身，而她恰好转过了身。
她脸上的是惊诧，他脸上的是遮不住的惊喜。
缘分真的不是人所能意料到的。
也许他再早一秒转身，或是她再迟一秒转身，今生都有可能永远错过。
但是他们的目光，就是在雾气中相遇了，迷离了。
她也笑了，地上的香熄灭了。

酒家。
这里没有名字。
有些地方不需要有名字。

这里不问姓名，不问来历，只要花上点钱，无论多多少少，总能喝上一点，把烦恼留在这里，把无所顾忌带走。

所以，往往越是这样的地方，人越多。

稼青就是其中一个。

他不认识这里的人，这里的人也不认识他。

但在雪白的纹银出手后，马上就有殷勤的手递上酒来。

他倚着街角，头疼欲裂，却又不是因为醉。

还是他太无能了。

那么多年了，明知亲姐的去向却不去相认。

嘴上说不论成败，谈笑风生。但"放下"二字，又怎会那么容易？若真是那样轻而易举地做到，那每个人岂不都是大侠了？

况且他真的不甘心，刚刚仇人就在面前，却无力杀了他。

他还很年轻，还有很多事想做。

但是机会到手，却又生生放过。

再有如此良机，不知是什么时候了。

他呛住了，咳嗽了，水珠，从他脸上滑落。

是错觉吧。

他不想在任何时候脆弱，但他也是人，也会有过不去的坎，所以他只能自己痛苦。

他正呛得厉害，却发现一人已站在了他的身后。

一身黑衣，正是那天救了他的无名人。

稼青没有太多吃惊，好像早知道他会出现。

他手里也有酒。

"你叫什么？"

"这很重要吗？"那人笑了。

"对我来说是的。"

见了稼青脸上执拗的神色，那人挑了挑眉似乎妥协了："商寻。"

"商寻……"稼青眯着眼，"你来寻什么？"

商寻没有回答。

稼青笑了。

寻什么？谁能回答？

吴偫与顾元夕坐在江畔，风吹动起她青色的衣袖，散开了檀香。

心中百转千回，开口却不知该说什么。

他有太多太多的问题想问她，但又不知如何开口。

倒是她先开的口："你娘呢？"

吴偫指了指远处柳树下还未消尽的香烛和一地香灰，淡淡道："去了。"

现在才真的明白，那日在江边，稼青的话。有些人或物去了，找不回来的。

顾元夕轻轻笑了："多好啊，还有往事可以追忆。"

"你难道不知道你娘在哪儿吗？"

"不。"

也许不在了，也许是找不回来了。

"那陈妈是……"

"我娘的义妹。"

吴偫只是看着顾元夕，一语不发。

"你看我做什么？我也只知道那么多，我娘走得太早了，我连她的模样都记不清了。"

"那你爹呢？"

"我也不知道。"

原来世界上，总有更不幸的人。

但吴佾却无法接受，这个比自己不幸的人，是自己爱的人。

她也和自己年龄相仿吧，或许还小一些，这些年，她都经历了什么？

顾元夕看出了他的疑问，只是淡淡地道："我十五岁便接管了惊鸿门。"

淡淡的言语背后有微微的辛酸。

旁人眼中的飘飘欲仙，于她，是一种难以言状的滋味吧。

江湖上她这样的人很多，每个人都有自己不愿提起的过往。

两人都沉默了，只有风吹起芦苇的声音。

"不要沉沦于往事了，和我去京城吧。"

"为什么？"

没有等到答复，而他的唇却已擦上了她的，如一片轻羽，恍恍惚惚，却又真切。

"我很喜欢你。"

这是一条简单却让她无法拒绝的理由。

他不想考虑后果，他也不想关注将来，因为他也没有时间了，他要把一切他想做的，在今天都完成，无论结果。

她有些气恼地推开他，有一半是气恼自己为什么不觉得被冒犯。

红晕泛上了她的耳垂，他可以不计后果，可是她必须考虑。

她有太多顾虑了，也许是因为她陷得太深了吧，她不希望因为自己让他受到伤害。

他也许只是一时冲动，但是这个决定可能会改变他一生的轨迹。

她不得不考虑清楚。

她忽然有些生气，他都不知道会有什么后果就草率地做出决定，如果他这样在江湖中摸爬滚打，一定会伤得体无完肤的。

可又有什么办法呢，谁叫他偏偏遇上的是她？

他这样做不免有些傻气，但这样傻气的人也不多了。

开始时，她觉得这场爱来得太突然了。他们根本不是一个世界的人，一切都显得荒诞不经，而又有些可笑。

但慢慢地，她又觉得这一切都在情理之中，从某种程度上来说，他们的灵魂是契合的，做出"爱"这一场决定都是在他们人生上最肆意的一次驰骋，就好像一个压得太紧的弹簧，一松手便一发不可收拾。

这一切那样戏剧化，却又让她虔诚地相信了。

这样一想，刚才那份决绝中，又有了一点不舍。

她猛地起身。

不行，她现在太不理智了，她必须回去好好想想。

她用手指轻轻抚了抚嘴角，对着吴俗一笑，人已远去了。

"我也是呢。"可惜这声音吴俗并未听见。

吴俗回味着她那一笑，心中却像缺失了一块。

她还是没有完全打开心扉，放他进去吗？

月夜。

柳树下。

胡少筷坐在枝头，抚弄着柳条。

他在等。

柳枝很软，他却坐得很舒服。

"少掌门。"

一个青衣人站在树下。

"莫先生。"胡少箖轻轻跃下树梢。

"你见过惊鸿仙子了？"

胡少箖面色凝重地摇了摇头。

"我见到了……"

他压低了声音，三个字快速地从他唇间流过。

莫先生沉默了，半晌，才喃喃道："怎么会？他就算尚在人世，也绝不会来江南。"

他到底想做什么？

两人都沉默了。

"可惜，又放走了顾元夕。"莫先生背过身。

胡少箖没有说话，只是看着柳树间细细密密透下的月光。

真的非要做到这样吗？

"不过，明天不会了。"莫先生嘴角挑起了一丝玩味的笑。

惊鸿楼。

灯光闪烁着，倒映在水中，星星点点。

顾元夕坐在河岸边，捡起石子，抛出去，搅碎一天灯火。

到底要她如何选择？

去，会伤了他，不去，也会伤了他。

要不问问商寻？

虽然有时商寻有些无赖，但眼下看来，在这件事面前，他还是她身边最理智的人。

不行，这种事，怎么开口？

六、落日故人

随云客栈。

万籁俱寂,吴佾一言不发。

果然,她还是不信他吗?

想着却又觉得可笑,他哪里来的自信认为她会答应,他又哪里来的资格,问出这样的问题?

爱她,只是他的事,他本就不该奢望什么的,他不想让她因此痛苦,她的伤够多了,他不想因为他,再给她添一道。

他还是太傻了。

伴着一声叹息,门被推开了。

稼青?

空中有一股淡淡的酒气。

"你喝酒了?"

稼青走了进来,他酒量不错,却显然有了醉意。

"为什么?"

顾元夕和折柳门有什么关联?稼青又扮演了什么角色?师父呢?

"你想知道?"稼青半眯着眼。

"好,我告诉你。"

吴佾猛地一机灵,他真的醉了?平日里最不愿表露的事都要告诉他。

"算……"

"你以为你还能回避多久？"

是啊，他都对顾元夕说出了这样的话……

"我知道你们见过面了。"

吴俏转头看着窗外的星，一点一点，像极了她的眼。

"如果你是真心的话，就应该了解一切，就算她还不知晓，你也要明白，这样你才能做出最好的选择。"

她还不知道？

知道这件事的人应该很少，他也要被卷入了吗？

"说吧。"声音如释重负。

孤灯未灭。

她一个人坐在屋檐，一个人看着漫天的星辰。

这个时候的他，是不是也是一个人看着星辰？

她的指尖划过嘴唇，现在相比从前，她好像有了别的想要追寻的。

吴俏用手支着头。

"你怎么知道的？"

"自然是师父告诉我的。"

陆渊？

他又是什么人？

他真的不明白。

望着稼青困倦的双眼，他咽下了话。

"早些休息吧，明天就要去京城了。"

萧萧马鸣，茫茫荒草。

他跨在马上，望着夕阳下的姑苏，发丝掩住了他的视线。

两袖灌满了风，摇落晚霞，好似飞扬入云。

长亭古道，真就这样离开？

他紧握缰绳，去意已决。

心里真的接受了吗？

如此盼望那个身影的出现，告诉他，她的意愿，无论去留与否，他还想见她一面。

马有些躁动，踏着铁蹄，无边的草色，晕染白驹远在天边。

罢了，走吧。

昨夜早已辗转反侧地下定了决心，可是现在他又犹豫了。

他不想放弃他的追求。

风，穿过他的发丝。

他眯起了眼，夕阳从他的睫毛间零碎透过。

他不愿睁眼，他怕一睁眼看到的不是她。

环佩銮铃声响，他的缰绳被人牵住了，迷茫间，他发现，是一根青纱。

他只觉耳边细碎地响起了她的声音，她在唤他，唤他的名字。细细碎碎，零零星星，汇聚成她的笑。

他猛然睁眼，原来一切都不是幻影，她的衣袖卷住了他的缰绳，她坐在树梢上看着他笑。

元夕。

真真确确，实实在在，是他爱的人。

人本就是这样，悟时的一默，骤然的一念，就像火花，烧得他不知所措。

朝思暮想的人，来了，却是来送别。

他跳下了马，任马消失在无边的草色间。

他抓紧了她的手,春草微动。

风吹起了她的长发,吹动了那颗沉睡太久的心。

他们注定是两个世界的人。

但她不在乎,哪怕他们的世界终将支离破碎。

送别,是很悲伤的情景吧,但是他却很高兴,很高兴,单单纯纯的高兴。

风萧萧过,草映白衣。

他有太多太多的问题想问她,有数不清的事想告诉她,却都闭口不言。

他们这样很随性吧,很无知吧,但是他们仍是少年,就趁此,痛痛快快赌一把,任性一次吧。

半晌,他问:"为什么来了?"

只听一人幽幽道:"这还不简单,自然是因为我。"

"是你!"吴俏一惊。

来人正是那天救了稼青的无名人——商寻。

远处柳梢间的稼青心中一动。

他怎么会来?

"阁下是……"

"在下商寻,是惊鸿仙子的故友。"

吴俏望着顾元夕,她微微点了点头。

"公子可是医癫商寻?"

"正是在下。"

医癫在江湖上名气也不小,是天下难得的神医,不论是何门何派,都有求他治伤治病的,而且听闻他从未失手。只是他医治手法十分古怪,所以才称之为医"癫"。

"阁下此来是……"

商寻笑道:"我无意打扰二位,只是我须得见一见稼青。"

江边。
"别离小事,儿女情长,何必伤怀?"
话虽如此,可是心中真的做不到。
情之妙处便在于,情到浓时情转薄。
吴伢同稼青跨上了马。
顾元夕的手扶上了柳树,折下一段细柳,顿了一阵,终将柳枝抛入了水中。
他们之间,不需誓言。
船离了岸,只留下两道淡淡的水纹,他仍在船头望着她。
他淡淡地笑了。
她衣袂一飞,嘴角却微微上翘。
爱情不是互相牵绊,是想努力成全你我。
她不希望给他太多牵绊,因为她想让他的世界中除了她,还有更多的远方,纵使内心决堤,也要微微一笑,告诉他无恙。
"走吧。"

月色。
姑苏城外。
飞檐下的铃铛在风中低吟。
更鼓幽幽,一声又一声。
衣袂飞过,带风便落在林间。
斗笠间露出一双如火的眼眸。
"少主。"
林间缓缓走出一人,正是胡少棶。

胡少箂微微一皱眉。

莫绯?她怎么来了?

只见林中又闪出了几个人影。

莫焉,檀冉,还有……莫先生?

他们都来做什么?

胡少箂刚欲开口,只听莫先生道:"少掌门今日可是在江边?"

"不错。"

"那怎会有消息说吴佾出城了?"

四人都默不作声。

"莫绯堂主,莫焉堂主,你们可曾动手?"

胡少箂微微一皱眉。

"莫先生,你这是何意?"

"少掌门怎会不知?"

七、晓风残月

"你可知错?"莫先生缓缓问他。

胡少箂一言不发,莫先生资历匪浅,折柳门中很多骨干都是他的心腹,再加之胡少箂的父亲死前将胡少箂托付给了他,所以他实际上掌握着折柳门的大权,在四位堂主中,他是权势最大的,而且另外两位堂主,莫绯,莫焉,都是莫先生的义女,胡少箂即使不愿,但也不敢如何。

"你一次又一次放走他们三人意欲何为?"

"莫先生，当时虽然我与莫焉妹妹都在，但少掌门不让我们轻举妄动，因为后来暗中又来了一人——陈妈。"莫绯道。
　　莫先生眯起双眼："陈妈……"
　　"少掌门，这不是个很好的理由，折柳门想杀的人，无论是谁，只有死，而折柳门要人死，只要一秒，根本等不到陈妈的出现。"
　　"但是……"莫焉皱眉道。
　　胡少箖轻轻一摆手。
　　"不错，我就是放走了他们。"
　　"哦？"
　　"少掌门，"莫先生接着道，"你放走吴佾我可以理解，那你为什么要放走顾元夕和稼青？"
　　"莫先生，"胡少箖淡淡叹了口气，"那是因为你从没有真正爱过一个人。"
　　爱一个人犹如想要去守护一件物品，不想让它有任何损伤，哪怕只能远观。
　　他和顾元夕之间的关系，他也很难说清，好像比亲情多一点，又比爱情少一点。
　　顾元夕和稼青是他最后的亲人，同父异母的弟弟妹妹，他有什么资格向他们动手？
　　莫先生不说话了，很久。
　　风声一丝丝，从柳条间漏过。
　　"荒唐。"良久，莫先生淡淡吐出二字。
　　"胡少箖，你听着，我活了五十一年，早就不相信这些故事了。"
　　他十九岁遇见胡少箖的父亲胡雁归，二十二岁他们一起建立折柳门，二十八岁，他辅佐胡雁归，让折柳门成为西北最显赫的门派。

三十一岁时，他带领折柳门参加了天下武林大会。

同年，胡雁归去世，折柳门将覆。

这一切都是因为惊鸿门。

他四十二岁时，折柳门再次成为天下皆知的名门。

如今，折柳门的势力早已空前绝后。

然而在三十一岁到四十二岁这十一年里，在他脑中，除了伤痛，是一片空白。

他的喜，只因折柳门的兴；他的哀，也是因为折柳门的衰。

这都只是因为，在他十九岁那年，胡雁归在大漠中，偶然救了他。

他的确没有真正爱过什么。

他和胡雁归的感情也说不清，好像比亲情少一点，又比友情多一些。

他也很迷惑，为什么自己就跳不出这个圈。

"我们都放过吧。"胡少筱嘴角牵起了一丝淡淡的笑，眼中却是难以言状的痛。

不是放下，是放过。

莫先生笑了。

"不可避免。"

很多事，没有选择的余地。

他一点也不相信感情，他以为那都只是一时兴奋的产物。

为了这件事，什么都牺牲了，无论是哪一方，上上下下多少人命，岂是一句放过就能解决的？如果那样简单，那为什么会要用血来解决呢？

芦草晃动，风瑟瑟。

他老了，真的老了。

这一切到底是谁的错？

也许本就没有对与错吧，不是万事都有准则的。

也许很多人眼中折柳门很决绝，但是也不尽然，正如莫绯，莫焉，她们并非亲姐妹，是被人遗弃在大漠的，是莫先生救来的义女。

"你错了。"胡少箖轻道。

"不，是你错了。"

胡少箖只觉左肩一阵剧痛，赫然有了一道血痕。

这自然是莫先生伤他的，但是他是怎么出手的？又是用什么做到的？当下没有人看到。

"血开始的故事，要由血来结束。"莫先生的语速很快，也很决绝。

他不敢犹豫，他怕自己的信念被胡少箖这有些良知却幼稚的观点蚕食，哪怕只有一点，他也不允许。

江湖不是过家家，没有人会因为"善良"而收手。

"胡少箖，"莫先生道，"你爹把你托付给我，你的命就是折柳门的。"

他也没有办法，无法可想。

若是卷入，就无法踏出。

其实谁都知道，归隐田园、寄情山水，只是一个很好的梦。

胡少箖低头不语。

他知道，他都明白，很早就明白。可是他做不到去接受。

又有几个人能真正做到呢？

杨柳岸。

晓风残月。

吴佾坐在船头,风凉凉的,就像那天在姑苏。

今天是缺月。

其实他心里清楚,他们一别,很难相见。

他很想要顾元夕,但是他不能因为自己的一己私欲拖累她。

他不是个江湖人,却也糊里糊涂地参与了。

他喝了些酒,忽然有些兴奋,他与她的世界终于有所连接了吗?

"你在想什么?"稼青踱了出来。

"你来做什么?"

沉默。

"你不觉得他奇怪吗?"

"谁?"

"医癫商寻。"又是长时间的沉默。

身为男子,怎么会待在惊鸿楼?

身为医者,怎会有杀人之名?

如此令人匪夷所思的人物,顾元夕怎会容他在她身边?

他与顾元夕间,有什么关联?

他找稼青,又说了些什么?

两人并肩而立,各思所想。

但有一点却是肯定的,此人非同一般,而且危险。

"你先回去吧,我想一个人坐一会儿。"

"好。"稼青笑了。

人已不见。现在只有他吴佾一人了。

其实一个人又有什么用呢？他的心更乱了。

他仍然无法接受周仝是折柳门掌门这件事。

他绝不仅仅是周仝了，他还是胡少葇。

而且大多时候，他先是折柳掌门胡少葇，然后才是周仝。

他真的很在乎他，没有他，自己的少年时光是不完整的。

他不知道周仝来到他身边是什么目的。

但是他知道，抛去一切，他们的确是以心交心。

可是顾元夕呢？

她对他来说也很重要。

他的情感很幼稚，可是他珍惜这幼稚。

单单纯纯，真真切切地想去爱一个人。

折柳门与惊鸿楼有仇。

换而言之，就是顾元夕与胡少葇有仇。

对吴佾来说就是他的挚友与他的至爱有仇。

荒谬。

但是，的确是事实。

他又有什么好的选择呢？

也许这样已经很好了吧。

林间。

风声犹如鬼嚎。

叶片簌簌颤动。

"莫焉堂主，莫绯堂主，"胡少葇道，他也不想这样做，但他终是妥协了，"无论代价，明天我不想再看见陈妈。"

"不，"檀冉轻轻摇了摇头，"你们忽略了商寻。"

骤然寂静。

他们都心知肚明，那天在惊鸿楼遇到的，应该就是商寻。
"他……不是任何人能左右的。"
他们能做的，只是静观其变。
到底还要杀多少人？又有多少人要他的命？
胡少箖只觉一阵晕眩，眼前模糊。
"少掌门！"

有风。
姑苏无眠。
街头巷尾，都是一片灯海。
好像走进了迷宫，哪条街，都是一样的繁华。
街头。
"你来了？"阴影中一人漫不经心地问。
"少主。"来人拾礼道。
商寻笑了。
"找我做什么？"商寻缓缓从黑暗中踱出。
"他们想杀陈妈。"
街上熙熙攘攘，根本听不见他们的声音。
没有人会听见，因为，他们用的是唇语。
可是也没有人会看见，阴影中的来人普普通通，可是就是太过普通，让人难以注意。
这样的人，往往适合做杀手。最危险的杀手。
"没用的，"商寻道，"我见过她了，我也告诉她了。"
"一个自己想死的人是救不活的。"商寻摇头道，两人消失在灯火中。

灯火朦朦胧胧。

他在哪里？

胡少棻幽幽醒来，只觉天旋地转。

他身侧的人，衣袂飘飘。

是莫焉。

果然，他的身体还是撑不下去了。

"你怎么会在……嘶……"他有些吃力地问。

"少动。"莫焉轻声道，话间带着些生气。

莫先生打得不算重，但带着气，伤得的确些深，这几日他又劳累，一下难以支撑，才晕了过去。

胡少棻支起手，倚着床坐了起来。

草药味弥漫，是她给他治的伤？

"吴佾到京城了？"他接过她手中的茶。

"快了。"

"我让你去京城办的，你办妥了？"

"嗯。"

"宫里的贵妃死了，皇上总是想补这个缺的。"

"你为什么偏要把他们引去京城？"

"因为，"胡少棻笑了，"在那里我才有主动权。"

他这样，只是不想亲手杀她罢了。

他在乎自己的亲人。可是折柳门还有那么多人，他们还有更多亲人，他也不能辜负他们。

很奇怪，他以前很难退让的事，其实做了，也就做了。

风声过耳，一片寂静。

"明天，你一定要小心。"

"嗯。"

还是平平淡淡的语调，只是染上了若有若无的欣喜。
他在关心她？
"陈妈不简单，如果真的做不到，不许强求。"
有些时候，真的很遥远的东西，强求也是不行的吧。
莫焉笑了。
"不会的。"莫焉接着道，"我想做到的，总有办法的。"
胡少筱不说话了。
他知道，莫焉想做到的，不会轻易妥协。
这样也许也是好的吧，有可奔赴的远方。
这是她特有的态度，也无法强求。
所以他决定理解。
半晌。
"莫伤了自己。"他轻声道。

几日后，大雾迷茫。
雾遮掩了一切，却依稀可辨，这是京城。
两匹马立在城前雾间。
"京城？"
"到了。"

八、小楼东风

日光下澈，曦布姑苏。
花青色的飞檐，明灭可见。

铜铃在风中轻轻碰响,夹着一股淡淡的茗香。

盈盈小楼,纤纤素手。

新柳在雾间模糊。

顾元夕坐在楼上。

原以为他走了以后,自己会空虚,会百无聊赖,会失魂落魄。

但并没有。

他离开了姑苏,一切都是原来的模样,只是心里像缺失了一张重要的书页。

也许也有这样的思念吧,没有寝食难安、没有辗转难眠,但总会在顿悟的那刻想起他。

昨夜下了一场雨,今晨有雾。

那雾,犹如那天在江边。

看见大雾弥漫的那一瞬间,她特别想他。

什么时候会再见呢?

再见的时候,是什么景象呢?

也许互不相识,擦肩而过。

也许认出了对方,他有了他的家室,她有她自己的生活,只是微笑着打一个招呼,忽然想起,年少时还有一个人的喜欢。

然后也擦肩而过。

他们还是和初见时一样,是两个世界的人。

但也许能在他们各自世界的边缘遇见,已经是幸福了吧。

她轻轻起身下楼。

忽然她定住了脚步。

群鸟惊起,一丝不寻常的杀气浸透了空气。

出事了。

她顺着响声，落在了一座小院。

这座小院在惊鸿楼是很普通的地方，既没有断壁残垣般过于残败，也不像其余地方一样连花木都精心栽培。

院里有一棵很大的槐树，还有其余更多不知名的树，叶影摇曳。

快夏天了呢。

又有风声。

顾元夕不再犹豫，一定有人！

绿荫浓淡间，赤袂飞过。

莫绯？

其实顾元夕明白，莫绯是折柳门的堂主，莫焉也是一样，只是她由得她们在惊鸿门待下去。

惊鸿门就是这样。

因为在江湖上，惊鸿门还有一个用处，只是鲜为人知。

不问理由，不问身世，来自任何地方的人都可以在任何时间住下，住到任何时候。

只是有一个代价——

诉说一个故事，怎样的都可以。

这不是因为顾元夕的善良，这只是上代留下的规矩，也就是上代惊鸿仙子，顾元夕母亲立的规矩。

既然有了这样的习惯，她也就沿用。

所以顾元夕早就看出了莫绯莫焉的身份，从她们来的那一刻就知道。

她们也都知道。

但是她们三人都不在意。

她们在探顾元夕虚实时，顾元夕也在看她们。

她不确定,只是隐隐约约觉得今天这人就是莫绯。

她追了上去。

不料,前面那女子似对惊鸿楼极为熟悉,在枝丛间来往穿梭。

顾元夕一伸手,前面的人身形一变,回身打出几点寒星,顾元夕侧身避过,却已落后了那人一大截,只撕下那人丝绦上的一角。

顾元夕顿住了身形。

以那人的实力,以及对惊鸿楼的了解,她是追不上的。

她索性回到院中,坐在槐树上。

那人身法极为诡异少见,从暗器的力道和速度上来看,正是行家。

惊鸿楼的排布错综复杂,能在其中穿梭自如的人除了她自己,还会有谁?

也就只有莫绯,莫焉而已。

这次折柳门要做什么?

顾元夕不知道。

但是她知道,她一定不是冲着她来的。

以她的实力,她们完完全全可以正面交手,可是为什么她要急着离开?

莫非这与陈妈有关?

难道她的目的,是陈妈?

也并不全无道理。

想来也是,她一直忽略了陈妈。

陈妈好像没有什么特别的,只是在她身边,做着一些可有可无的小事。

可是她做的这些小事中，没有办坏的。

她没有像商寻那样给她带来好处。

可是她也并没有带来麻烦。

照理说，她应该就是这样一个普普通通的存在。

可是惊鸿楼也不是清净之地，她的母亲也结仇颇多，二十多年了，惊鸿楼怎就没出过乱子？

而且，关于惊鸿楼和折柳门之间的事，她知道的不多。

她只知道，折柳门害死了她母亲，现在又要她死。

可是原因呢？

从来没有人向她提起，偏偏她仅知道的这一点，又是陈妈告诉她的。

每次聊起，陈妈很自然地避过，让她知道的不算多，可也不少。

她好像就是一个很自然的人，没有什么别的。

但她隐隐约约觉得，关于她母亲的事，陈妈知道得很清楚，总之比她自己多得多。

而她呢？关于陈妈，她一无所知。

这绝不是一个简单的人，至少没有表面那么简单。

一个普普通通的人，怎么会成为她母亲，惊鸿仙子的义妹？

奇怪，怎么以前就没有注意到她呢？

而且，她觉得，陈妈和商寻之间有一种奇怪的关系。

这种关系既不远，也不近。

提起陈妈，她会感到再熟悉不过，可脑中又是一片空白。

这样的人，很可怕。

难道她们想要杀陈妈？

折柳门胆子太大了。

他们一定明白，陈妈的武功，必定出神入化。

其实这样的人，就算没有武功，也一样可怕。

她身边怎么尽是些这样来路奇怪的人，商寻是，陈妈也是。

他们想从她身上得到什么？

她正想着，风声又起。

这次来的人，好像更多。

槐树间，七点白影闪过。

这又算什么，折柳门算是故意引出这么大声响，吸引她注意力吗？

她飞身落在庭院中，衣袂纷飞，七人已经围住了她。

她们以白纱蒙面，只露一双双眼睛，头上绾着灵蛇髻。

不用猜，就知道是折柳门的人。

折柳门到底是怎么了？看似声势浩大，其实……

这几个人，根本杀不了她。

长剑上的珠穗在风中飘动。

顾元夕轻轻一笑。

那几个白衣女子已挺剑刺来。

招式平平，并无妙处，只是也不见破绽。

她游走于七人之间，既不省力，也不吃力。

今天折柳门在搞什么？

难不成是想拖住她？来达成他们的真实目的？

心下乱了方寸，招式凌厉起来，可是一时竟也脱不开身。

罢了，她向后一翻。

"你们来做什么？"

出乎顾元夕意料，一人道："杀人。"

"谁?"

那几人对视一眼。

"陈……"

一道风声忽然那女子顿住了。

顾元夕余光瞥见枝叶间衣袂闪过。

顾元夕心中一紧。

有人暗杀?

顾元夕一咬唇。

算了,先不追那人,让她走。

现在她只想弄清折柳门的真正目的。

她走到刚才那说话的女子跟前,扯下她的面纱。

面色红润,犹如睡着一般,只是脖颈上一块皮肤颜色异常。

销金散!

那女子的口型,分明是"妈"字。

陈妈?

果然是陈妈,折柳门胆子大到如此程度了吗?

销金散是折柳门特有的独门毒物,谁会用自己门派的毒药杀自己人?

难道折柳门中有内斗不成?

罢了,先去弄明白陈妈那回事。

小阁。

这一直是陈妈的住所。

顾元夕越门而入。

她环视四周,并无一人。

但是人好像刚走不久,桌上的茶尚有余温。

顾元夕的目光游走几回，最终停留在一个香炉上。

那香炉孤零零摆在桌上，不显得突兀，却又有些古怪。

顾元夕说不出哪里不同，但是只觉不同寻常，径直走到桌前。

炉中点着一炷香，香炷尚长，像是刚点不久，香灰却零零落落洒了一桌。

有人打斗？

顾元夕注视着那些香灰。

忽然，她的注意力转移了。

这是木桌，明显是佳品，木纹很精细。

但是再细看，顾元夕发觉不对，中间一块，有细微拼接的痕迹。

色泽、工艺都天衣无缝，但是木纹较之周围更加细致，层层叠叠。

她轻轻一伸手，扶住桌案，果然觉得有些松动，木质与其他地方不同，似乎更重一些。

她暗自运气一按，只见那桌案中间一块木板横空飞起，露出一块暗格。

不等她细看那桌案的暗格里有些什么，只觉得冷风扑面。

她忙向侧面一闪，冷风擦面而过。

她心惊未定，只见那木板在房梁上一点，飘飘忽忽又落了下来。

那木板在空中急速而行，带着一股急厉之风。

电光火石间，那木板已到了她头顶，再想避开，已然来不及了。

以如此之势，想硬挡是不行的。

她手心早渗出了细细密密的冷汗。

只好赌一把了。

她身子一软,犹如被击中一般,直挺挺向后飞出三尺多去。

她翻身落地,只觉双腿已有些不稳。

那木块在地上击得粉碎,星星点点的木屑撒了一地。

好险,若是躲闪不及,必然粉身碎骨。

那支袖箭钉在墙上,粉灰剥落变色。

显然是箭上有毒。

屋内顿时一片狼藉。

果然,陈妈不简单。

她顾元夕险些命丧于此。

顾元夕握住箭身将箭拔下,箭头闪着幽幽蓝光。

箭身也是银制的,很小巧,倒更像工艺品。

顾元夕细细端详箭身上的纹路,忽然如触电般顿住。

箭身上的纹路很复杂,但是仍可辨认出是以古篆写的二字。

天川。

天川……天川……

天川派!

这是个禁忌的名字。

怪不得,陈妈给她一种非比寻常的气息。

怪不得,这几年惊鸿楼安安定定。

一切都解释通了,陈妈是天川派的人。

现在是白日,但顾元夕仍觉一阵脊背发凉。

多年前,天川派称霸江湖,历来来战无不胜。

天下无处没有他们的势力。

他们有无数分舵，遍布天下每个角落。

江湖上没有他们办不到的事。

天川派的势力，几乎可以与天下武林相敌。

所以那段时间，武林中几乎没有人怕鬼。

因为天川派本身，比鬼可怕千千万万倍。

这本身就如一个诅咒。

无处不在，无所不能。

没有人知道他们谋划了多久，但是一夜之间，天川派就已称霸武林。

只要是其他武林名门的弟子，都有被杀的危险。

整个武林陷入了混乱，所以在上一届的武林大会时，决议合剿天川派。

天川派的毁灭也和崛起一样，只在一夜之间。

以七大门派为首，再加上很多别的不知名门派，终于使天川派销声匿迹。

但是武林各派的损伤，也难以计数。

事情已过去多年。

但是天川派并没有被忘却，反而随时间一起发酵。

天川派不是魔教，它是一个神话，一个深入人心的、血腥的神话。

天川派的总舵在天山。

一个冰封万里的绝美仙境，正如天川派一样。

天川派的创始者——蓝肃霜，也是一个谜。

关于他的身世众说纷纭、扑朔迷离，但没有人知道真相。

没有人真正见过他。

但是顾元夕隐隐觉得，蓝肃霜与商寻的气质，有几分相像。

没有什么理由，只是相处多了，人的本能。

顾元夕再次细细端详那袖箭，毫不怀疑，就是天川派的东西。

难道是……

霜泠箭？

霜泠箭是陈青女的独门暗器。

蓝肃霜一生只有两个徒弟。

大弟子陆渊，小师妹陈青女。

但见过陈青女的人少之又少，有人说，自她二十八岁那年，就再也没见过她。

但是人人都听说过霜泠箭的，一定。

难道陈妈是陈青女？

顾元夕一时只觉难以置信，而转念一想。

有什么不可能呢？

她来到暗格前一看，只见那暗格中有一本似书非书的册子——《浮生录》。

暗格不大，正好可安放那小册。

那小册实是一叠线装的花笺。

顾元夕将那《浮生录》拿出暗格，放在桌上。

那册子甚是精致，想来执笔人也很用心保管。

浮生录，那是一个人的生平吧。

小册的扉页一角，写着很小的三字：陈青女。

果然，陈妈就是陈青女。

陈妈，陈青女的生平……顾元夕当真很好奇。

罢了，这些事还是少涉足为好。

她正想把那册子放回暗格。

忽然地，起风了。

章页凌乱，但顾元夕却瞥见了四字："惊鸿仙子"。

她瞬间呆住了。

难道与她母亲有关？

犹豫半晌，她颤着双手打开：

若阁下还可见到此本《浮生录》，便非一般凡夫俗子。霜泠箭也曾名动一时，只因我退隐多年，所见者不多，能避开此箭，阁下倒也并非常人。

写下此录，是为求阁下相助，若有意相助，不嫌文笔烦琐，一览此录。若愿置身事外，权作不知此事，自行离开即可。

顾元夕又继续往下看。

在下正是陈青女，天川派蓝肃霜次徒。

顾元夕心道，果然是她。

二十岁那年，正值早秋。

也正是那年，我遇见了胡雁归。

胡雁归？折柳掌门胡雁归？顾元夕暗自吃惊，怎会与他有关？

那天，我独自外出跑马放鹰，却在一片陌生之地遇见了他。

我见了一只冰雪聪明的雪雕，纵马追去，却发现是他的雕。

他长得很清秀，眼角还有一颗泪痣。

他武功绝伦，他是除了师父外，第一个接住我袖箭的人。

那时我并不知道他是折柳门掌门，我不在意。

也许是几个月，也许是一年，我与他熟识，并许下一生一世的诺言。

也是秋天。

我向师父道明，我愿嫁给他。

师父没有过多挽留,只是我从今后,再也不是天川派的人了。

婚宴很简单,我却喜不自胜。

他的聘礼也很简单。

一生一世的真心和天塞筷笛的解药。

天塞筷笛是折柳门独门暗器,毒性自然也是厉害,解药也是更是难求。

我们就在草原上成的婚,当时有折柳门无数马师。

他待我很好,可我总觉他瞒了我什么,却对我很重要。

那日我作了一幅画,落款之时,我便拉开抽屉,去摸印章。

盖章后,我正欲放回之时,却发现抽屉中有一个密格。我心生好奇,便动手拆解,只见那格中,有不少书信。

我粗粗一看,有些并非汉人手笔,有些是胡雁归的笔迹。

开始,我不甚在意,但此时细细一读,却觉有些不对劲。

我拿出信纸,再认真阅读,却发现,一方是女真首领。

我这一惊非同小可,又拿出一封待发的新书信,墨色未干:

兄长亲启:

兄长之事,自是小弟之事,若是兄长大事将举之时,以书信告之,小弟杀守城主将并开关放行,到时以兄长之谋众将领之英勇,大明江山唾手可得,你我同享荣华富贵,岂不美哉?

胡雁归

我有些难以置信,胡雁归怎会私通女真?然而反反复复看了几次,却发现的确是这样无疑。

我只觉头晕眼花。

说来可笑，我父母皆是市井商贩，虽在边关，日子过得倒也平淡。

然而正是女真人，屠我满门。

我幸得逃生，正是师父救了我，我也因此入了天川派。

而如今我的丈夫竟私通女真。

他待我不错，然而家仇在前，我不得不犹豫。

罢了，我还是太信任他了。

只听得室外长啸一声，显是那只雪雕。

我遥遥一望，胡雁归也紧紧跟着。

不错，他便是急着来发这封书信的了。那伶俐的雕儿，应该是与女真来往的信使了。

他见了我，也顿住。

久久无言。

还是秋天。

那日我与他离别。

我不想再劝他什么，也不想再说什么。

人各有选择，难以强求。

我不辨方向，径直游走。

但我真的难受至极。

他的的确确是真心待我，我也真真切切实意待他。

可他终负了我，我亦负了他。

也许我们本就无缘吧，有一场短暂的相见，系属命中注定。

不知过了几月，耳听语调渐渐为清新柔美，我知是到了江南。

一日，我到了姑苏。

其实我并不在意到了哪里，没有他的天下，哪里都一样。

但是我又遇到了她——惊鸿仙子。

开始，我也只是惊于她的天仙之貌。

她是惊鸿门掌门。

我们相谈甚欢。

她好像没有什么过去，只是很喜欢听故事。

惊鸿楼接受任何无家可归的浪子，代价是要讲一个故事，无论怎样的。

这一点，现在惊鸿楼仍是这样。

也许只是因为寂寞吧，想拿别人的故事，填满那颗伤透的心。

我开始也不解她的身世，却在一次谈话间……

我知道，胡雁归欺骗了我，不止这一点。

惊鸿仙子为人所负，为他留下了一个孩子，却不见人。

"他……他姓胡，叫胡雁归。"

"可是一个弱冠上下，眉目俊朗，言语风趣，眼角有颗小痣的公子？"

天下重名之人也不在少数，也许不是他吧。

不要是他吧。

"正是他。"

很久，我都没有回过神来。

原来是他负了我。

"你想复仇？"

"是，但是……"

只见她秀眉微皱，脸色苍白，额角尚有几滴汗珠，想来极为劳累，但看上去欣喜难掩。

她脸一红，悄声道："我已有孕。"
我闻听此言，心中一阵酸楚。
不错，她已经有孩儿了。
坦而言之，我从没有那样想要一个人死。
罢了……
同是天涯沦落人而已……
何必？
"我也与他熟识，我来助你。"
从此，我在惊鸿楼住下。
几日后，我们拜为姊妹。
日久，我告以我的身世，倾心相待。

若论武艺，她实在是当世佼佼者。
柔中带刚，以巧为上。
只是太过阴柔，若想胜胡雁归，却少了一份狠辣。
但这对天川派来说，易如反掌。
我杀胡雁归，胜算极大。
只是我做不到。

第二年中秋，她得了孩儿，是一对龙凤胎。
她因生产途中失血过多，昏迷数日。
我心想，如此恩怨，日后难以了结，势必会波及这对孩儿，必须及早想法子设计。
自看怀中孩儿，女孩娟秀小巧，眉目神态颇似她母亲，想来性格也与母亲相去不远。
而那男孩，面庞白皙，眉目俊朗，眼角有一颗泪痣。

他跟胡雁归，极为相像。

两个孩子都十分讨人喜欢，但为了了结这些恩怨，必须有所牺牲。

与其两人都牵涉其中，不如一人独自承担，为这段与他们无关的恩怨牺牲。

平心而论，这个念头极为不公，对于两个孩儿我都有不舍，但必须有所抉择，不如早做决定。

望向床上的她，心中竟第一次生出了歉意。

我将送一个孩儿出惊鸿楼，去城郊，远离这个江湖。

远离这些是非恩怨，远离阴险权谋。

去做一个平平淡淡的人，这一切都与他无关。

这对另一个孩子来说极为不公，但，这是最好的方案。

我最后选择了女孩留下，毕竟这里是惊鸿楼，男子留下来多有不便。容易令人生疑。

我叫了一个亲信姑娘更月留下守护她和婴儿，自己偷偷携了男孩，乔装改扮匆匆出城。

出了内城，天光已是大亮。城内繁华，城外清静，西郊来往行人极少。虽说不是什么风景名胜，更无文人墨客，于我来说，却是极为适宜。

青山环抱，梯田层叠。

晨露曦曦，偶尔闪过几个披蓑戴笠的身影，如此甚好，日出而作，日落而息，总能给一个人，一个平等选择的机会。

我信步到了一片田间，秋收很忙，那农人无暇抬头看我。待我打过招呼，见了我，猛然一惊，想来是平日不曾见外人。

我扮作老妪模样，瞎扯一气，将那孩儿的身世乱扯一通，不知为何，眼泪却也下来了。

我正悲戚，偷眼瞧去，只见那农人不至花甲，衣着简朴，长得很是敦厚，正合我心中之意。

只见那农人颤巍用手相扶，我从拭泪的袍袖间暗中端详，只见他双眼虽然灰暗，却隐隐有些垂泪，显然也是心伤，我更放心将孩儿托付与他。

他们这样有何不好呢？

只是太天真了，同情一切，相信一切，哪怕是谎言，是故事。

"你我都是苦命之人，何必呢？"他抢了孩子，悄声道。

我心中一顿，只觉他像极了一个故人，却又断了心念。

见我神色一顿，他似怕我不放心，忙道："那西头李家妹子，新寡的，只是孩子出生就夭折了，奶水足，我们几户人家一块儿收留这娃吧，指不定多兴奋呢！"

我再闲谈几句，抽身而去。

向城里奔去时，只听身后远远飘来歌声。

"日出而作，日落而息，凿井而饮，耕田而食，帝力与我何所哉？"

田间，似有无数人在传唱。

"你我都是苦命人，何必呢。"

那句话在我脑中，挥之不去。

我心中一阵颤抖。

罢了，命运如此。

生于江湖，身在江湖，岂可说走就走，谈何容易？

回到惊鸿楼，已是晌午。

她已然悠悠转醒。

我并未多言，只叫婆子将女儿抱来给她瞧。

她很久没说话，我也是。
她也许是有些失落不像胡雁归吧。

三月后，她身体恢复如初，便急着要去塞外寻找胡雁归。
我打点一切，送她远去。
日月如飞，我一边悉心照看孩子，打点惊鸿楼，一边担心她的安危。
这一年秋天，你又在做什么呢？
秋去冬来，年复一年。
又到秋天，那小娃娃已然会唤娘了，只是一直不会叫爹。
她长得也越发可爱，粉妆玉雕一般，令人爱不释手。
我仍没有给她起名字。

将近除夕，江南难得飘起了雪花。
除夕当夜，雪下得很大，簌簌作响。
街上很静，屋内也很恬然，隐有觥筹之声。
放眼姑苏，灯火点点，猩红一片。
惊鸿楼也闭门谢客。
几个姐妹摆了宴席，一同庆贺，我并无兴致，草草了事。
午夜，我仍无睡意。
我独自披衣，独自看雪。
天很晚。
街巷无声。
只见西街有一点猩红，缓缓前移，开始我还不甚在意，可那红影身后还有许多猩红，血，那是……
那影子近了，不错，是惊鸿仙子！

我绝不会认错。

哪怕她受了伤。

白雪落在她身上,恍若天仙。

我无暇多想,连忙飞身上去,将她悄悄迎进小阁。

她左肩有一道很深的伤。

天塞筷笛。

我心中不由一紧,我忙去荷包中摸那充作嫁妆的解药。

可笑吧,那么多年,我仍留着。

她忙拉住了我。

"不必了,一切都结束了。"

我依言,放下了解药。

现在我能做的,就是让她一了心愿。

她顿了一阵,道:"你知道我为什么如此着急前行吗?"

我不言。

"只因那时我赶到折柳门时正是白露。"

"我第一次见他也是在白露。"她又接着道。

我又何尝不知?

"当年他写给我第一封信,是'蒹葭苍苍,白露为霜。所谓伊人,在水一方'。"

她本想利用这个时节,让他下手迟滞,她有机会制胜。

但是,她赌输了。

因为她没有想到,他更绝情。

其实到最后比的不是武功,而是心。

这一次,又是她输了吗?

又是她为情所绊了吗?

又没有下杀手。
又一次放过他。
又一次,忆起当年。

她咳了一口血,我要拿绢布擦拭。
她一挥手,我顿住。
一个真的想死的人,是救不活的,不如就让她痛快地说吧。
"他……如何忍心?"

为什么?
难道他又骗了她?
或许上辈子,她负了他。
但今生,终究是他负了她。

我紧紧握着她的手,生怕放手就一切灰飞烟灭。
她的手冰冷,还有未融尽的雪。
她笑了。
"我只想把我想说的话,说完。"
她自己拭了拭嘴角的血。
"我再无新年了。"
能够负毒回到江南,将死之前还有一人在榻前,已是大幸了吧……
"我一向要强,所以拼命练功,我不想输给任何人。"
"我也做到了,我从没有败过。"
"我素来不信命,但今生偏偏却败了。"

只败给了一个人，却一败涂地。

她的确是一个自负的人。

的确，她并没有不如他，反而时至今日，他武艺倒不如她。

但她知道她注定是败了。

他出手之时，她就知道她败了。

败在她的多情，败给他的无情。

也许今生遇上他，她就注定败了。

但是又有什么关系呢？

她愿意。

"常说人可多情，而兵器无情，但人已多情，手中的兵刃又怎会如此绝情绝义？"

她又咳了几声，却毫不理会。

她又笑了，只是有些酸。

"他骗了你，也骗了我。"

"他对你说今生只爱你一个，很巧，他也是这么对我说的。"

"他早有了妻室，孩子都两岁了。"

"青妹，你的胸怀非常人可比，看到他和别的女人成家，我不甘心，而你，却在我身边待了那么久，甚至姐妹相称。"

"你怎知……"我实在按捺不住了，忍不住问道。

"我见你时，就知道了。"

沉寂。

"这些日子以来，苦了你了，也苦了各位姐妹，这两年孩子如何了？"她竟在这时笑了。

我正想抱来给她瞧瞧，她却挥了挥手。

"别让她见我了，会被吓到的。"

"告诉她，无情不似多情恼。"

"叫她元夕吧……"

她能支撑到这些时候，仅凭自己的信念，如今已是山穷水尽。

"夕儿，对不起，娘没……"

她果真再无新年。

于她，这也许是最好的收场。

元夕真的很多情，不仅对人，对万事都一样。

所幸，她比她娘好。

只待时机一到，一切都会有一个结果。

后来我才知道，在打伤惊鸿仙子后，胡雁归是自己跳崖的。

她的妻室也跌下悬崖，怀里抱着那孩子。

胡雁归死了，我没有哭，也没有笑。

三人中，他终究最爱的是她。

如今，一切都结束了，这个江湖，也应该交给顾元夕了。

只是她还太年少了。

或许，太过锋芒毕露了。

阁下如若不嫌弃，请保元夕平安。

她有能力，只是太轻易牺牲自己。

阁下若是女子，可与她拜为姐妹。

若是男子，若不嫌元夕貌丑，便可结良缘，以了了我泉下之心。

这座惊鸿楼，权当彩礼了。

不错，泉下，如今，我已不在人世。

如今江湖，又有谁杀得了我？

只是很多事情,最后想开了,放下了。
我很累了。
到如今,终究心愿已了。
此间也无可留恋,不如羽化登仙。
生亦何欢,死亦何惧?

九、惊世骇俗

顾元夕轻轻合上小册,心中不禁颤动。
眼泪大滴大滴地往下掉,晕开了墨色,一片模糊。
这不是她的故事,可是她真的很难过。
心好像碎了一样,眼泪止不住地流。
她知道了往日盼望知晓的一切,心中却更乱了。
那小册落在桌上,溅起香灰。
爱情真的只是温柔的陷阱吗?
其实脆弱得不堪一击。
暗格中,无数宣纸飘落。
一张又一张,怎么也飘不尽。
有的纸很旧了,像存放了十来年,有的已然破损。
有的却很新,像近来的手笔。
飘飘忽忽,落了一地。
顾元夕轻轻拾起一张。
朦朦胧胧,只见上面写了很多字。
有各种书体的,还有被划掉的。

一片墨痕狼藉。
写来写去终是一句。
老来多健忘。
老来多健忘……
是啊，老来多健忘……
可是。
最难负相思。
陈妈一直在骗自己。
这一世，她终究，还是放不下他。
也是，谁又放得下？
无论他怎么伤她。
无论他怎么负她。
这一世，他在她命里走过的，她再也忘不掉了。
哪怕化成灰，她也记得他的。
二十年了。
思来想去，终写成纸上的他。
爱也好，恨也好，在心里总是一个坎。
想起，最爱的是他。
最恨的，也是他。
他爱她，是真；伤她，亦是真。

她忽然觉得要去京城，要和吴佾更坦白一点。
她不想他成为她心里的相思。
她要他实实在在地和她顾元夕一生相伴。
宣纸仍在飘落，犹如当年片片雪花。

顾元夕收起宣纸，渐渐冷静。

其中竟有如此深意。

不错，以陈青女的武功又有谁杀得了她？

如果是自杀，那桌上的香灰怎么解释？

难道是折柳门布的局，让她慌乱，让她生疑？

她正暗自出神，只觉得身后冷风袭来。

她下意识回身招架，双掌一交，却不禁虎口有些发麻。

她心中一怔，只觉得如入冰窖，浑身冷气逼人。

惊鸿门的内功以温润为主，虽说不及武当、少林等中原名门如此雄厚，但也是偏稳重的一路。不料，来人的内功竟如此刚劲霸道，犹如寒冰一般，逼得顾元夕那温润的内力难以施尽。

本来这一掌，似也未用全力，竟霸道到如此状况，若是全力一击，那……她心中一凛。

只见那人年纪尚轻，一袭黑衣，头戴斗笠。

医癫商寻。

顾元夕心中一动，她知道，医癫是商寻，而商寻会不会是别的什么人呢？

那名字一闪而过。

她并不确定。

算了，赌一把。

她沉声问："蓝肃霜是你什么人？"

商寻并未答话，仍是笑着。

他没有回答她，只是道："你都知道了？"

顾元夕也并未回答。

"即使如此，那失礼了。"

她早已怀疑商寻的来路，如今既已交手，不如探个水落石出。

她运气内力，解下腰间丝绦，挥手一甩，疾如闪电。

只见那丝绦如蛟龙一般上下飞舞，威力极大，却无半点风声。

在这条丝绦上，她下了十多年的功夫了，临敌却不常用。

她手上功夫也十分了得，所以这丝绦平常难得出手。

除非遇到劲敌。

商寻轻轻抽出背后刀鞘，这是一对弯刀，但他只取了一柄，不过一尺半，没有任何配饰，除了一点云纹。

刀鞘如墨般乌黑，却又不显笨拙，反有几分灵巧。

"你不拔刀？"她问。

他沉吟半晌，摇了摇头。

他缓缓道："有些刀，不能轻易拔。"

话音未落，刀归原处。

他回身走到香炉前，拿起一炷香，又转向她。

她丝绦如龙，那青色的丝绦，丝尖轻颤，迂回绵延，内力也似潮水般绵延不绝。

忽见她青袖一抖，正要取他颈间要害，只见他用香轻轻一抵，顺势从梁间向她身后掠下。

这一式看似并未出奇，其实是武当派的绝顶剑法，"飞云出岫"专是以直制曲，身法迅猛而轻快。

若非顾元夕内力温厚，换作旁人，丝绦早已断做十七八段。

同时，这一式意在借对方之式，借他人之力，以轻功直取对方心腹。

武当纵横江湖数十年，自有其妙处。

武当派武功招数不仅轻盈，且身法潇洒，拟自然中的风、云、雷、电或鹤、猿等灵物，有仙家之风。

只是这清平昆吾剑，虽招数不多，只有三十六式，却有千万种变化，需要学剑的人有极高的悟性，所以武当派中真正领悟此剑术的屈指可数，至多不过三四人，皆是虚怀道长的亲传弟子，如今在武林中也是备受敬重。

虚怀道长是当今武林盟主三清的师父，却已有很久未出山了，这几年连本门弟子都不见，但是武林中人仍把他奉为神明。

虚怀道长是江湖上百年来剑法最精妙之人，当年也正是他号召各派弟子，剿灭了天川派，一统各派，成了江湖第一名门。

清平昆吾剑正是虚怀道长所创。

当年虚怀道长创立此剑术时，本想传给所有武当弟子，无奈多数人无法解其要领，险些一度失传。

所幸武当派的俗家弟子江越，资质非凡，又得到过虚怀道长的亲点，一套剑法出神入化，是当今江湖上使清平昆吾剑最出神入化的名家。

江越也是一代风云人物，是当下武林盟主三清的师兄，武当掌门虚怀道长的亲侄子，他父亲江云泽也是一位有名的大侠。

少年时的江越也是翩翩公子，风姿不凡，江湖上有名的少年侠客。

时光荏苒，如今江越已年过半百，意气却不减当年。

自虚怀道长隐退后，一直都是他与师弟三清主持武林，如今江越也是除虚怀道长外，武林中最受人爱戴的大侠了。

顾元夕这作为惊鸿楼掌门也不是浪得虚名，各大名门的剑法皆有研习，平日里皆是不攻自破，得心应手。

只是今日，对付商寻，总觉得有些施展不开，不知是何缘故。

顾元夕丝绦一抖，如柔水一般，头作尾，尾作头，反手钩商寻的脚尖。

商寻步履不变，手中香炷一变，左脚脚尖一点，巧妙避开。

顾元夕丝绦飞身而下，直指咽喉，只见商寻脚下步履灵便如猿猴，让人无以猜测他的招数。

他手中香柱使的正是点苍派的绝妙剑招"逐鹿青崖"。

点苍派远离中原，又临近苗疆，剑法狠辣至极，招招取人要害。

不过"无毒不丈夫"，点苍派弟子也大多是直爽豪气之人，颇具侠义之风。看商寻这一招，似有几十年的功力。点苍派弟子稀少，却个个都是悟性极高、天资非凡的。但真正领会这一招的，只有一二人而已，也都是门派中的前辈，辈分极高，料想以商寻的年纪，是万万使不出来的。

顾元夕有些惊诧，他竟会两派的嫡传绝密剑法，这样的人，是……

商寻脚下乃是昆仑派轻功中的"醉上昆虚"。

昆仑派的弟子大都温雅坚韧，剑法、内功，刚劲孔武，就连这轻功也是稳扎稳打，无半丝取巧，唯独这"醉上昆虚"，刚健中不失轻快，气雄而神清，着实难学。而且学此等轻功之人，要能忍得在冰天雪地的昆仑山尖练功，所以对敌之时，久立于对手兵器之上，如履平地，也不足为奇了。但这轻功，须有极其深厚的内力支持，这些年来，武林中几乎已经失传。

顾元夕不避其实，丝缕改进而上，只见商寻双腿一踢一勾，用脚腕一翻，踢向顾元夕的手腕，顾元夕只见他足底的缎靴上下翻飞，似有千千万万蝴蝶飞舞，她不由得一声惊呼，使出惊鸿门的"雁落平沙"，凌空向后翻去。

这正是少林派的功夫——波若九勾腿。

看去似乎只是九翻九勾，其实有九九八十一般变化，看去处处是空门，其实无处可破。不说以此种功夫应敌，就算只学招数，也得下三四年的功夫，再算上少林派的内功心法，经文口诀，随战机而应变的法子，少不得要下十年的苦工，若要使到出神入化的地步，便是花上一生的功夫，也要看造化。就算学到其中一种变化，也可放眼于江湖，独步武林了。

少林派向来门规森严，不得向外人透露半丝本派功夫。所以这功夫历来只有少林主持选定下任主持之后，才能传与这位选定的德才兼备的未来主持，其他弟子不光不能偷学，连问也不敢多问一句。

这"波若九勾腿"在江湖上威望极大，流传数百年，却很少有人真正见到使用过。只知晓，只见对手双腿翻飞如飞蝶，旁观者却无法看清是如何踢出这腿脚的，应敌者也无从下手去攻破。

这种绝密的武功居然商寻也使得如家常。

约莫半盏茶的工夫，商寻已经使出了少林、武当、峨眉、昆仑、点苍、崆峒、华山等各大名门剑派的招式，而且均不是一派的不传之秘，就是曾名噪武林而如今已失传的武林秘籍。

只是顾元夕觉得有些奇怪。

明明她很熟悉的招式，到了商寻手里，就变得很陌生。

她永远猜不透下一招是什么。

现在,见了这波若九勾腿的使法,她才有些明白。

商寻的武功全是反着使的!

无论少林的也好,武当的也罢,全与原来的招式相反。

也就是说,他的筋脉内功与常人也是反的。

顾元夕看上去似乎与商寻打了平手,但其实不然。

顾元夕与商寻过招,意在试他的武功路数,岂知打了半盏茶功夫,不光没有探出他的武功来路,连他的真正武功高下,内力状况都未能知晓。一掌似有千斤之力,一掌飘飘忽忽,轻如无物。

顾元夕一时不知所措。

这个商寻,如此厉害。

比她设想的还要厉害不知多少。

她心念一动,又生一计。

那丝绦如毒蛇一般,去勾商寻的脖子,商寻正欲出手化解,顾元夕手势急变,已经缠上了他的斗笠,而此时,商寻的香烛也到了她的眉间。

朔风漫起,白纱翩翩。

顾元夕呼吸顿住了。

她自小生在惊鸿楼,奇诡人物见过不少,却从未见过这般的人。

他容貌并不是奇丑,反倒是极其俊美,只是左半边脸上爬满了伤疤,异常恐怖。

一半如谪仙,一半如厉鬼。

毋庸置疑。

商寻就是天川派的人。

早有传闻，天川派掌门蓝肃霜亦是这样，半仙半鬼。

但是商寻显然不是蓝肃霜。

这张脸年纪太轻了。

但是从行事风格，武功招式来看，与蓝肃霜实在太像了。

到底是谁？

等顾元夕回过神来，商寻已经放下了那炷香。

顾元夕也觉得盯着他看有些不大自在，将头偏向窗外。

"我终于知道你为什么一会儿戴斗笠，一会儿戴面具的了。"

"喔？"

"因为你不戴面具，不戴斗笠，天下岂不都……"

"岂能人人都能有惊鸿仙子一般芳容的？"

顾元夕再看他时，斗笠上的白纱已然垂下。

听他如此一说，不禁笑得花枝乱颤道："话是不错，但有一样不好。"

商寻听着。

"被我迷上的男人，都被迷死了。"

这回轮到商寻大笑了："天下皆知仙子只可远观，冰清玉洁，只怕有几个胆大的，尝到仙子迷死人不偿命的拒寒银针，想必也变胆小了。"

他手中闪过三道白光。

拒寒银针。

这拒寒银针，是顾元夕母亲所创，无孔不入，倒也狠辣。

正是方才顾元夕说话时暗中所发的。

只是速度太快，两人都不曾点破。

"人言牡丹花下死,做鬼也风流,何况是死在仙子手里呢?我商寻当真好运气,好运气。"

他手中捏着三根银针,细细把玩。

顾元夕一不留神,商寻竟已将银针放入口中。

"仙子的芳物真是不同凡响,今日,我商寻暂且收下了。"

顾元夕一惊。

拒寒银针上所含剧毒,为什么商寻却没事?

顾元夕一蹙眉。

明白了。

她早闻西域魔教有一异功,口吞剧毒钢铁,神色不变。

只是这太过阴毒,江湖上很久没有人练了,现在已经算得上是神话了。

这商寻真是两道通吃。

不光会中原名门的武功,连西域魔教的功夫也不放过。

如此阴毒的玩意儿,这人怎么也学了?

但她看着他,脸上并未变色,如同看一个人在品尝山珍海味一般自然。

良久。

"你不是商寻吧?"

那似有似无的微笑,叫谁见了都恨不得什么都如实相告,最好一个字都不隐瞒,又怎么能忍心对她说谎呢?又怎么忍心欺骗她?

何况商寻还是一个浪子模样,一个风流的浪子模样。

所以他没有否认。

"你是天川派的人。"

"但你也不是蓝肃霜。"

他还是没有否认。

"那你是谁？"

"我是医癫，但我的名字叫蓝殇。"

"蓝殇又是谁？"

没有人回答。

这已到问题的最后了，再问下去，也没有什么意义了。

所以聪明人都知道，该换一个话题了。

顾元夕无疑是个聪明的人。

所以她自然地问道："刚才你在哪里？"

"追人。"

"追谁？"

"杀了那七名白衣女子的人。"

"你一直都在？"

"嗯。"

"你在追那赤衣女子？"

"嗯。"

"有没有追上那人？"

出乎她意料。

"没有。"

"为什么？"

"她的武功，远比你我想象的高得多。"

蓝殇顿了一顿。

"她如此熟悉我的惊鸿楼阵法，自然在惊鸿楼也有几年了，据我所知，如今武林中，还有招数是仙子未曾见过的门派，不多。"

她承认。

"折柳门算不算其一？"

沉寂片刻。

"算。"

"在惊鸿楼待了五年以上，又身法如此灵动的人，不多。"

"是。"

"莫绯算不算？"

"好像只有她一人了。"

"莫绯的妹子莫焉自然是个厉害角色，只会比她姐姐更可怕。"蓝殇又道。

"她们的伪装太成功了，骗过了你，也差点骗过了我。"

"折柳门算是一个很麻烦的对手，计划安排得也颇为巧妙。"

"不错，那赤衣女子和七个白衣女子都是调虎离山，投石问路而已，那么那七个人的死不是偶然，而是必然。"

"她们本来就是死棋，所以，自计划开始时她们就是死人了。"

"时间是其中的关键，"蓝殇接着道，"她们有两拨人马，一拨刚在楼上解决了陈妈，楼下负责拖住你的那批白衣女子就被杀了。杀她们的，自然是折柳门的人。那个'妈'字的口型自然也是故意卖给你让你生疑的。"

"所以当我上楼时，她们就带着陈妈的尸体，从另一条密道下楼了。"顾元夕突然接口道。

"聪明。"

"她们知道楼上的机关不是一时半会可以破解的，所以，便放心大胆地慢慢行动。"

两人又沉默了，想到这计划之天衣无缝，不禁令人毛骨悚然。

　　折柳门，真就这么可怕吗？

　　顾元夕心中一紧，商寻倒不甚在意。

　　顾元夕沉吟半晌，问道："所以陈妈是被折柳门杀的？"

　　"折柳门有武功如此高的人？"

　　"不。"商寻笑了。

　　"那些香灰是做给你看的，只是想让你乱了方寸。"

　　"你说谁被杀前，还会留下册子上的遗言。"商寻翻弄着那《浮生录》，接着道。

　　不错，难道谁能预测死亡不成？

　　"还有，"商寻缓缓道，"折柳门计划时，我就告诉了陈妈。"

　　真正想死的人，是救不活的。

　　顾元夕走下玉阶。

　　"你在院中可看到血珠、血点……"

　　"没有，什么都没有，连血腥味都没有。"

　　"那么他们是怎么把陈妈和那七名女子的尸首处理掉的呢？"

　　蓝殇蹲下来。

　　"用的是销金散。"

　　"销金散有如此大的功效？"

　　"销金散是一味极其残忍的毒药，顷刻之间，可蚀尽骨肉，死在销金散下的人，遇光会逐渐化为粉末，最终融入尘土，就像你从来未来过这个世界一般，是折柳门的秘术。"

　　"你怎么知道她们用了销金散？"

　　"销金散药性奇特，我试验过，用过销金散之处，若有花汁滴洒，便会泛红。很巧，刚才有个小丫头，调了新的月季香拿去做新灯，不小心绊倒了，洒了一些，草色有变，我便发现了。"

起风了。
几页宣纸从楼上飘下，落在顾元夕手里。
老来多健忘……
"可惜再也喝不到陈妈的荷叶藕花汤了。"顾元夕将那张纸轻轻抛开。
蓝殇不说话了。
两人正无言。
只见门口匆匆跑进来一个小丫头。
"仙子姐姐，来了几个人，说是万岁爷差来的，要见您。"

夜，极静。
惊鸿楼膳房还亮着灯。
昏黄的灯下只有一个老妪，佝偻着背。
她摆弄着碗勺，正在准备香料。
"婆婆来此几年了？"
老妪听闻有人，并未吃惊。
她没有回头。
"总有三十多年了吧。"
屋子里只有一张竹凳。
"仙子莫站着，不嫌老太婆脏，就坐坐吧。"
"婆婆说哪里话，更月的东西，向来是惊鸿楼最干净的。"
老人顿住了。

一时没有人开口。

老人缓缓放下手中的活计。

她笑了。

"仙子叫老身什么?"

"更月。"

枝叶摇曳。

"我耳朵不好了。"老人缓缓道。

"多少年过去了,竟还会有人叫我更月……更……"

她喃喃自语。

顾元夕不知道,她眼里流露的是什么。

也许当年,最难相忘。

"这么说,你承认你是更月?"

老人并未回答。

沉默。

"那么我问你,陈青女当年把小公子送到了哪里?"

"原来仙子是因为这个。"

老人缓缓转过身。

虽然脸上皱纹横生,但不难看出年轻时,也是美如春花。

"送到城西郊清河村。"

顾元夕心中一颤,转而平静道。

"你可见过小公子身上有无特殊标记?"

"有。"她答得很快,然后又缓缓道,"有一条我织的花锦,上面有一只鸿雁。"

"好。"

"那么多年的旧事,到底又提起了。"老人说。

"旧账,迟早要翻的。"

人已不见。

只留下老人，仍在默然调香。

十、江上舟摇

"少主真的要进京？"

酒楼之上，两人对坐。

一个一身黑衣，另一个青布短衫，一身农人打扮。

看不清两人的面孔，只见新温的酒，白雾缥缈。

酒香在空气中氤氲。

"什么时候到的圣旨？"

"昨日，今日必是要动身了。"蓝殇缓缓道。

"少……"

"不要叫我少主了，我们之间，不需这些虚的了。"

"是。"那农人拱手揖道。

"那女娃子同意进京了？这样的圣旨她都不抗？"农人抿了一口酒道。

"并非她不敢，"蓝殇一口饮尽杯中酒，"只不过，她愿意进京去会会那个周大人，去见见皇上，去看看臭名昭著的锦衣卫。"

听到锦衣卫，农人脸色变了变。

然而他很快又道："这个女娃娃，胆子倒不小。"

"此次是密诏进京，皇帝老儿无非想见见这个天下闻名的南国佳人罢了，又怎么会想到她是个杀手，而且是个名气不小的杀手,自然没有什么防备。"

"有一点我不明白,"农人道,"这是惊鸿仙子与折柳门的恩怨,你又何苦蹚这个混水呢?"

蓝殇嘴角挑起一抹邪笑。

"敌人的朋友是敌人,江越那个老家伙,我不会留下,他的盟友,我也不会放过。"

蓝殇眼中闪过一丝嘲弄。

"只可惜她那个俏哥哥,如此无辜,又是如此脆弱不堪的人,竟也卷入了这场风云,未经世事的少爷,多么可怜可叹啊。"

农人望了一眼帘子外的姑苏街市。

"你陈姊姊,还好吗?"

久久的沉默。

而后,蓝殇似下了很大的决心,才缓缓道。

"她,她……"蓝殇叹了口气,接着道,"那日你告诉我消息,我便告诉了她,只是她……"

"她还是忘不了那个胡雁归……"

农人的眼光黯淡了,道:"当年谷主门下一对邪徒,如今,只剩下我一个了……"

蓝殇的目光被窗外吸引,只听马蹄声大作,一顶车轿已到了楼下。

他猛地摘下斗笠,任那伤疤爬满侧脸,那丑陋不堪让人畏惧的伤疤配上那绝美的脸庞,竟说不出的惊世之美,又那般诡异。阴森仿佛来自地狱,却又那样无瑕,甚至近似于神圣。

"你还是那么爱玩。"

农人笑道,望着蓝殇的眼睛。

"和小时候一样的。"农人语中,除了笑,更多的却是伤。

蓝殇拿起酒壶仰脖子倒了个干净，眼中顽皮，道："大哥哥，兮儿先走了，酒账烦劳你付了！"

他拿起桌上那不足二尺的一对弯刀，背在背上，纵身穿窗而出。

"这娃娃……"农人看着酒壶下压着的一片金叶子，会心一笑。

顾元夕挑起一角锦帘。

这兰桂香车，闷得让人有些发慌。

"蓝殇，到哪儿了？"

帘外，一人笑道："元夕姐姐，快要坐船了。"

船，在水波中前行。

如果说之前顾元夕以为密调进京有诈，而现在她毫不怀疑了。

因为这船，显然是皇家才有的华丽。

她看着墙上一对碗口大的玉璧发呆。

大明王朝已经到了内忧外患的地步，百姓全家饿死的比比皆是，哪来这么值钱的西域玉璧装饰官船？

这玉璧又花费了多少的人力物力财力？

她吸了一口气，知是为了她特意点起了江南才有的"九瓣花"。

门帘一挑，香气更盛。

蓝殇笑着进来，柔声道："恭喜元夕姐姐，贺喜元夕姐姐，现在不仅是御旨密诏的美人，还是当今内阁阁员武林泰斗江越大人的贵客。听说圣上一见，便要将您封为贵妃，那各路官员巴不得能奉承您，看，偷空送来了大内'九瓣花'一盏，夜色将近,以便观赏玩味。"

顾元夕一愣。

"江越……此人虽无武林盟主之名,却是当今武林盟主三清的师兄,实际是天下武林的领袖人物,如今,他竟会在朝为官,官至内阁?"

"俗话说,大隐隐于市。他的府邸,不光有京城各路高官出入,还有当今武林异士登门,而且你知道的,大内高手,也是武林中很大一股势力。这江越,胃口不小呢。"

"元夕姐姐如今一去……"他接着道。

蓝殇噘了噘嘴,慢慢走到桌前,把那"九瓣花"放在了那张檀木案上。

顾元夕感到一阵凉意扑面而来,他的手抓住了她。

好冷。

她抬头,望着那疤痕后的双眸,她看出了,那是……

暂熄的明火。

流动的冰雪。

鞘中的利刃。

顾元夕不由得退了一退。

她明白了。

九瓣花有一小瓣花瓣燃尽,如飞絮散在空中,折射出琉璃般的光。

不知是不是光的映衬,她的脸有些白,却有让人心碎的美。

蓝殇猛地向前一探身,轻声道:

"今晚别乱动,莫要独处。"

"今夜,不会安宁的。"

顾元夕注视着他的眸子,"九瓣花"的香气温婉散开。

寒意去了，人也不见了。

天色已暗。

舟上点点宫灯闪烁。

顾元夕坐在窗前，望着帘外灯火朦胧。

忽听门外道："元夕姑娘，奴婢请您到厅上用膳。"

顾元夕一顿，掩起面纱，出去了。

诺大一官船，奴婢比主子多出无数。厅下太监宫女早已是一番忙碌。厅上连她共三人，当然还有蓝殇，只是蓝殇是暗中跟来的，无人知晓。

顾元夕从面纱后仔细观瞧。

蓝殇不知隐在何处，厅中有他的气息，却没有身影。

另外两人中，有一个礼部的官员，大约是侍郎一类，是江越的人，面上倒也潇洒干净。

另一个前额甚宽，看去虽有失文静，但想来是个直爽之人，心下便猜到三分，是锦衣卫的。

顾元夕略略放心了。

此二人即使武艺超群，但心中城府必然不是太深。

那白面书生的作风也的确像是会办事的人，但毕竟少了几分老成。

这两人自然不会是蓝殇的忧虑，那么到底是谁，让蓝殇觉得需要提前预警？

顾元夕略略用了饭菜，施礼后，便回船舱去了。

"九瓣花"即将燃尽，却仍未有丝毫动静。

半夜，顾元夕似睡未睡，却听闻门外早已喧闹不已。

待有小丫头进来照应时，便问道："廊外正在闹什么？"

"回贵人的话，掌事的刘公公死了。"

顾元夕故作吃惊，却演得恰到好处。心下却要去寻蓝殇，不动声色地出了门。

循着血气出门去，只见一个身体甚是肥胖的太监卧倒在地，面色很安详，该是死了已有一段时间。

"何时死的？"顾元夕问道。

"无人知晓。"

那侍郎模样的人蹲在地上答到，面色凝重。

此人便是新任礼部侍郎江越的门生，林岫，那个白面书生。用膳时，他略略说过。

谁都知道，丧了官中的掌事大太监，皇上必是要过问的。

"派人去查了吗？"顾元夕又故作惊慌地问，一边低头谨慎看着尸体。

不知为什么，她内心有些痛快又有些惋惜。

"让姑娘受惊了，锦衣卫何大人去查了。"林岫略带歉意地答道。

顾元夕一收绢帕，道："是投毒死的。"

"姑娘如何知晓？"

"我自幼体弱，就通读医书，学得一些常识。"顾元夕缓缓道。

这自然是瞎扯，但林岫显然信了。顾元夕心中暗笑，看来在惊鸿的这几年，她的演技练得很娴熟呢。

"请随我来。"

她引着林岫顺着船的汉白玉栏杆走道前行。

顾元夕接过宫女手中的琉璃宫灯，在柱子上细细摸索。

左弯右绕，到了走道尽头，亮着一盏宫灯。

那灯影影绰绰在风中摇曳，竟犹如鬼火一般。

"就是此处。"

顾元夕放下宫灯,摸黑向前走去。

林岫虽然心中有几分惧意,但见一个弱女子如此大胆,便也跟了上去。风吹起梁间的纱幔,有些神秘。

林岫问道:"姑娘你怎知是这条路?"

"那人中了一种特殊的毒,我并未见过,但在医书上看到过一种名曰'仙乡游'的毒药,中毒之人步履杂乱,走路需依靠扶着东西前行,但这个状态只在死前持续少时而已。"

"汉白玉甚是冰凉,如今已经入秋,江上甚是寒冷,夜间其上如有指痕,十分明显。这一路痕迹十分明显,所以我一路辨认,应该就是此处了。"

林岫心中不禁暗生佩服。

更鼓声声在江上弥漫,更添几分神秘。

凉意透过衣衫钻入林岫的脊背,冷汗细密渗出,他终究是个文人,若不是出于礼数,早吓得抓住顾元夕的衣袖不放了。

顾元夕似乎也察觉到了他的恐惧之意,暗中挥了一挥衣袖,一阵檀香飘散,林岫定了定神,两人继续前行。

灯光映衬着船上的纱幔,两人已经离事发之地越来越近了,忽听一声剑啸,纱幔飞起微光中她看到了蓝殇那爬满疤痕的半张脸。

她心中一松,随之却更收紧了。

谁有那么大的胆子和那么高的身手,把剑架在蓝殇的脖子上?

那要么是疯了。要么是活腻了。

顾元夕顾不上别的,撇下目瞪口呆的林岫,早已飞身进屋了。

那人的确是蓝殇,而剑也的确在他脖子上,甚至已经留下了红印。

蓝殇却是不紧不慢地在做鬼脸。

看见这把剑的主人,顾元夕真的笑了。

正是厅上那个姓何的锦衣卫,这回不同,他身着飞鱼服。

与林岫相比,在火光下倒有一股粗犷的英气,只是这飞鱼服配上这把如秋水般的长剑极为不和谐。

他眼中如秃鹰般敏利,既不像疯了,也不像活腻了。

顾元夕笑了。

那人不禁怒道:"怎么?我干了什么不对的了?"

蓝殇抬起眼,见是顾元夕,望了那人一眼,顺手拿起桌上的一盏茶。

他慢慢抿了一口,忽地把剩下的茶尽数泼在了那人脸上。

那人先是一惊,转而又骂了起来,骂声早已把林岫引了进来,他靠在门边,沉着脸道:"何朔,你做什么?"

"我找到了……"

他正想揪住蓝殇的衣领,伸出手,顾元夕忍不住笑了。

那叫何朔的脸上怒色更盛,只见蓝殇正扬起面庞,吊儿郎当地看着他。

这回林岫也笑了,而立刻又恢复了正经。

一个书生戏弄了当朝锦衣卫还让他不知所措,这场景总是有趣的。

何朔这才反应过来,面上一热,道:"你……你竟……"

不等他说完,只见蓝殇一弹指。

他将房中仅有的那盏灯熄灭了。

房里和整条走廊都漆黑一片,除了顾元夕,其余两人都不经意间指尖发冷。像有无形的大手用力钳制着，不能动弹，什么也看不见，一片阴气深深。

林岫不由得又打起了冷噤。

突然间，灯又亮了。

这次很亮，火光突突地跳跃着，照亮了狭小的书室。

灯火照亮了蓝殇的脸。

一半如鬼魅，一半如谪仙。

他坐在室内中央的小案前，脸上仍然是那副吊儿郎当的神色，嘴角仍是一抹邪笑，却那么诡异。

林岫抖得更厉害了。

这下他倒是希望还是不亮灯来得更好。

剑仍在脖子上。

不过这次是在何朔的脖子上。

蓝殇挥手随意一掷，剑便钉在了官船的柱子上。

冷汗从何朔的额头滚落。

谁想到弹指间，发生了如此的变数。

林岫只觉得一阵眩晕，顾元夕忙上前相扶，林岫如同触电般退后，正襟危坐。

只听蓝殇缓缓道："武当俗家弟子，威名远扬的锦衣卫头领，何朔？"赞美之言于他口中，既有些讽刺之意。

只见何朔动了动嘴唇，缓缓吐出三个字："天川派？"

三个字如铁沉入水中，在屋子里泛起涟漪。

蓝殇喝了口茶，道："猜得不错，但我对太监没有兴趣，何大人请回吧。"

"不是你，还是谁？我一路追着指纹到了这儿的。"

"何大人真是聪明，想到了指纹，可何大人有没有想到过移花接木？如果我蓝殇杀人还会留下如此明显的印记，等着你来找我，那随便哪个江湖小丑都可以自称是天川派的人了。想不到武当派出了那么一个武夫。"蓝殇又笑了。

何朔脸上一阵白，一阵红，大怒道："我……"

林岫愤然道："我什么我，你一个大汉，欺负他一个文弱书生，算什么？"

顾元夕和何朔同时惊呼："他！文弱？"

顾元夕重新看着蓝殇。

若不是知道他的深浅，见了他的谪仙玉容，也以为就是个羸弱文士罢了，倒也不怪林岫眼拙。

蓝殇的伪装技术，不低。

何朔也觉得有些不自在，这样一想，的确是冤枉了面前这个怪人。见他白皙如玉的脖子上有道红印子，想来也有几分愧疚。忙道："我见他偷偷摸摸，神出鬼没地跟随，便起了疑心。"

"这是我年幼时的医者，因为我自幼体弱，怕出什么意外，才让他同来，他自小顽皮，二位大人不要见怪。"元夕出来打了圆场。

"既然如此，请姑娘回房吧，明早会有交代的。"林岫忙站起来，向顾元夕赔礼，有些责怪地拉着何朔快速离去。

蓝殇、顾元夕两人慢慢出了房门，顾元夕悄悄道："折柳？"

蓝殇点了点头。

夜澜，已深。

一条纤长的人影闪进了走道尽头的书室。

只听"咚"一声。

蓝殇抓住了她的手，倚着墙边。

漆黑中看不清那女郎的脸，只见一对如水的眸子。

那女郎一扬手，打出无数暗器。

蓝殇侧身避开。

叮当之声不绝于耳。

"莫焉？"蓝殇笑着问道。

莫焉道："蓝公子，我们知道你的厉害。"

"所以，"黑暗中又有一人道，"我们是有备而来。"

阴影中闪出两条人影。

莫绯，和……檀冉？

"很可惜……"蓝殇喷了喷嘴。

"只怕这次，你们的胡少掌门，和莫老先生要失望了。"

莫绯咯咯地笑了。

"蓝公子说的哪里话。"

"我们不抱很大希望，但是该办的事，还是要办的，该杀的人，还是要杀的。"

沉寂半晌。

"莫绯姑娘，你承认你有底气，很大程度上，是因为有檀冉吧。"

莫绯不说话了。

"这次，也要出乎你意料了。"蓝殇也笑了，"大哥哥，你做得太好了。"

"现在，你可以过来了。"

莫绯的笑容淡了。

"莫姑娘，没想到你们折柳门的堂主，是天川派的人吧。"

那人摘下斗篷。

他长得很普通，很清秀，却让人很难记住。

但这样的人，很适合做杀手，最危险的杀手。

他身上，有一种非比寻常的气质。

檀冉掌管折柳门易容。

但真正的易容，不在于改变容貌。

在于改变心。

檀冉做到了。

灯火隐隐照在蓝殇身上。

"欢迎回来，陆渊。"

莫绯和莫焉的脸色都有些难看了。

怪不得，每一次蓝殇的计划，都算无遗策。

怪不得，每一次他都能掌握先机。

谁料到，檀冉就是天川派蓝肃霜首徒——陆渊！

蓝殇幽幽道：

"去，告诉你家胡公子，如果再派人来……"

"他永远不会知道我是谁的，不要白费力气来试探了。"蓝殇说着已然转过身。

"还有，把这个交给他。"他回首，将一物抛给了莫绯。

只见一块玉牌，光滑整洁，玉质上等，但并无雕饰。

"若有下次，我一定刻上字迹，你们折柳门有多少人，我送多少块。"

"你们知道的，一块玉牌，一条命。"蓝殇有些玩味地笑了。

寒气散开，人亦去了。

蓝殇转过身来，判若两人。

"大哥哥，你看我做得好不好？"

陆渊笑道："兮儿做得很好，兮儿越来越像……你爹了。"

沉默。

良久，蓝殇道："你先从旱路进京吧，这里交给我，京城还有很多事要办。"

次日清晨，顾元夕便听到了传闻。

有个宫女因打碎了玉碟，挨了刘公公的打骂，投毒杀了他，今早惧怕被人发现，天没亮就跳江自杀了，尸体刚刚找到。

顾元夕笑了，却佩服蓝殇编故事的想象力。

十一、夜半钟声

顾元夕刚一下轿，便觉得一阵眩晕。

眼前无数的婢女和小厮四处乱窜，各种恭维之言不绝于耳。

隔着面纱环顾四周，看见身后蓝殇的影子，略略放心。

江府的华丽自不必说，当真是竭尽奢侈豪华之所能。

顾元夕正发笑于她即将见到的所谓的"义父"之别样品味，忽听得那朱漆的大门后有人咳嗽。

这并非是为引人注目。

顾元夕听去只觉有病弱之态，心下有几分惊异。

此人必是有恶病缠身，竟如此虚弱。

大门缓缓打开，徐徐迈出一人。

虽无家丁跟随，也无下人拥簇，但他周身自然所有的气质，也让顾元夕猛然一怔，忘了迈步。

偌大的门前只有一人，那人只是淡淡一笑，天地肃然。

既见君子，胡云不喜?

到今天，顾元夕才明白"既见君子，胡云不喜"这八个字的真正含义。

有些人本就是无法比拟的。

那人立在阶前，他手中执着一卷书页。

再仔细看时，顾元夕只觉得胸口一紧。

这公子，竟已一头白发。

顾元夕回过神时，那人已然躬身，向她施礼。

"阁下是……"

"在下江离，家父江越，今日因家父有要事外出，命在下恭候姑娘驾临。"

听他又是一阵咳，顾元夕忙问："公子这是……"

"今已入秋，旧疾复发，在下便未曾远迎，望姑娘恕罪。"

江离深深一揖，再起身，却顿住了。

他的目光停留在蓝殇身上。

风休住，扬起无边秋色。

青衫漫天，掩去那身后一片繁华，黯然失色。

那个人……

何时何地，可曾见过?

久久，无言。

风吹过。

扬起他三千白发。

蓝殇也停住了，眼被吹落的花瓣迷住，他却浑然不觉，良久，却只是很快一揖礼。

"江公子，幸会。"

江离忽然咳嗽了起来。

顾元夕忙上前扶住了他。

可是怎么也抚不平。

良久,顾元夕道:"这位是医癫蓝殇蓝公子。"

"蓝公子……幸会。"

"蓝公子医术超群,你若有不适,尽可以找他。"

"那就多谢公子了。"

他淡淡一笑,好像什么也没发生。

江离领着顾元夕过了穿堂。

顾元夕心里一直疑惑,他表面礼数周到,仅仅是在礼数之内,在礼数之外,内心其实冷如寒冰。

他没有那么简单。

龙行客栈是京城最出名的上好酒家。无论是于野还是于朝,都有不少故事。

稼青信步迈进了酒家。

如今怕是谁也看不出他曾做过小厮了。

吴佾一到京城,便将他改头换面,又硬是塞给他纹银无数,他自己寻了几个至交好友四处寻乐去了,稼青却实在无聊,只好天天闲逛。

他刚要坐下,只听隔壁雅间中有人道:"顾公子,在下等您多时了,何不同来喝一杯?"

稼青如触电般立起身,额头上冷汗密密层层地流下,不及细想,便飞也似的进了那雅间。

"是你!"他失声叫道。

来人笑了，斗笠上的白纱飞扬着，除却黑衣，是一身白衣，净如初雪。袖口衣领多了几丝血红的云纹，哪里像是初见时的江湖浪子模样？

但不知为何，他仍可一眼认定就是他。

见稼青进了门，他拿下斗笠。

那一半厉鬼一半谪仙的面孔便映在了白玉的酒樽上。

"稼……不，应该说是顾青公子了，你我叙叙旧如何？"

"医癫，商寻？你到底是谁？"

"这很重要吗？"蓝殇笑问。

"上次你问过一次同样的问题了呢。"蓝殇接着道。

一抹戏谑掠过蓝殇的嘴角。

"不管你是谁，知道了这件事，一定得死，我不会允许他活着。"

"啧啧……"蓝殇拍了拍被稼青揪皱的衣襟。

"奇怪，惊鸿仙子的弟弟如此不文雅？"蓝殇只是抿了口茶，接着道："少年倒是傲气，只是不知你有没有这个本事。"

寒光一闪，剑已出鞘电光火石间向蓝殇刺来。

蓝殇一皱眉。

他的剑快，蓝殇却更快。

不等稼青反应，蓝殇已伸手接住了剑，轻轻一转，夺了过来。

稼青觉得天旋地转，后背发凉，道："你……到底是……"

蓝殇叹了口气，道："为什么非问不可呢？你认得我的呀。"

稼青猛地一惊，试探道："陆渊是你什么人？"

蓝殇不语。

玉牌在灯下折射出耀眼的光，天川二字分外清晰。

"小师叔!"

蓝殇大笑。

"顾公子想必明白一切了。"

"你为什么要帮我?"即使如此,稼青仍有些不信,那么多年隐姓埋名的生活,他怕了。

"很简单,因为你是陆渊的义子,你是我的师侄,你是天川派的人。"

还是姑苏分别的老问题,那时你怀疑我,未给我答复,今天,我再问你一次:"不知道顾公子可想与失散多年的姐姐见面?"

稼青低头不语。

他仍怀疑他,但这样的筹码,他无法拒绝。

"好,那就照我说的办。"蓝殇已然离开,没人看见他眸底深处的悲哀。

皇城。

"沈公公,看刚才那进宫的女子如何?"

"回陛下,那是皇上的私事,奴才怎敢乱言?"

"但说无妨。"

"回陛下,奴才以为,这是打奴才进宫以来见过姿色最出众的女子,色艺双绝,自然一股风流,而举止又甚端庄,不愧为江越大人所引荐。奴才听闻那名字也甚讨人喜欢,叫什么顾元夕。"

龙椅上的人笑着点了点头,"朕也觉得如此,后宫的贵妃今春不幸啊……"

"眼下元夕姑娘恰好可以补上此缺。"

"不错。"

"只是这江越……"

"朕自然明白他是为了什么才另择美人，奉为上宾，送进宫来。不过，朕不在乎那么多，本就是朕的天下、朕的子民，沈公公以为是也不是？"

"不如陛下明朝……"

只见殿下慌忙来了个小太监，叩头道："禀皇上，玄清道长求见。"

那皇上忙理了理衣冠，他平日里最宠信的便是这些道家羽客。

虽说他并不知晓玄清道长是武当掌门——虚怀道长座下的首徒，也不知玄清是当今武林盟主——三清道长的师兄。

但他也早听闻玄清的仙名，也曾多次派人求教，见过几面，不知今日是……

夜静。

江府。

顾元夕正坐在窗前望着月，想着心事。

今日进宫面圣，看样子，皇上已有纳她为妃之意。

她合上眼，脑中出现的全是吴俏的影子。

也不知他现在何处？

她知道胡少莯为什么费尽心机打通江越的关节，想让她进宫。

无非是想让她进宫去，伴君如伴虎，指不定哪天，她就在宫中孤老。

现在看来，他的目的就要达到了。

她也不明白自己当初为何同意上京。

也许只是因为好强。

也许只是因为想离他近一些。

又或者，是看了陈妈的小册，想要，去追寻他。

想起那件事，她又止不住地头痛。

"惊鸿仙子。"

一人忽地来到她身后。

"蓝殇？怎么样？"

"皇帝老儿真好骗，我扮作玄清那老家伙的模样，装着推演了一番，说是当前万不可纳妃，不然会殃及天下，可把那皇帝老儿吓傻了，自然暂时不敢选你入宫了。"

"大内高手如云，你……"

"这也正是要与你商量的，江越与胡少莯必定向皇上进言，特别是江越那个老狐狸，玄清是他的师兄，他必定会觉察一些端倪。"

"今夜，必定有人前来追杀我。"

顾元夕有些纳闷，江越如今算是武林泰斗，玄清道长更是虚怀道长最得意的首徒，同虚怀道长一样，已闭关多年。

蓝殇是什么人？

敢如此出语不敬？

顾元夕正想问，却见蓝殇一对眼眸犹如冰雪一般透亮，心下便止住好奇心，问道："那你……"

"无妨，"蓝殇轻轻抚摸着弯刀上的云纹，"那么多年了，该算账了……"

他将一张花笺放在案头上，人已经不见了。

顾元夕展开华笺：

"亥时　龙行客栈　落梅阁　青"

更鼓声顺着城墙传来。

将至亥时，夜静无声。

月光照着通往驿站的小路，更显得阴森。

"何大人，这边……"一人悄声道。

只见华丽的刀饰在月光下一闪，二十余人顺着城墙一路西去。

锦衣卫！

是何等样的人值得二十多名锦衣卫连夜追杀？

一行人停在了伽越寺前。

伽越寺是城郊香火最旺的寺庙，而今夜已深，毫无人烟。

"何大人，人丢了！"

何朔头上冷汗直冒。

什么人把二十多个锦衣卫当猴耍？

只有他！

"何大人，这么晚还有雅兴找在下叙谈？在下何德何能，得大人如此青睐？"

冰冷中带有戏谑的声音随风传来。

冷汗早已如雨滴下。

何朔握刀的手在发抖，他嘶声问："你……你是……"

月光照在那人半仙半鬼的脸上。

他坐在寺庙的屋檐上，白衣胜雪。

红色的丝绦在风中轻曳，赤红精致的花纹漫开，犹如血色。

"我是谁？"那人笑道，"难道何大人忘了天川派？忘了你妹妹何沙？忘了你的老上司——陆渊？"

"你是来寻仇的！"

"何大人别忘了，是你先来寻找的。"

屋檐上的人一跃而下，二十余锦衣卫瞬间将人团团围住。

蓝殇抚摸着那短得惊人的弯刀，缓缓道："你们还不配我拔刀。"

伽越寺前忽然静得可怕。

月光幽幽。

半晌。

除了何朔，所有锦衣卫都已倒下。

蓝殇仍在笑，站在一片血色间，笑得很自在。

何朔却没有笑。

他也没有哭。

月光映衬下，蓝殇袖口的血色云纹，犹如地狱的曼珠沙华，摇曳着，等着，将人送到那个地下的世界。

也许这江湖，本身就是地狱一般。

仍是静，静得可怕。

恐惧早已扼住了何朔的喉咙，他什么也说不出。

这样的武功已经接近神魔。

江湖上只有天川派的人，才能做到这样。

"大哥哥，出来吧，兮儿等你好久了。"蓝殇道，目光却仍留在何朔身上。

一个人影闪在蓝殇身后。

"陆渊？"

何朔只觉得眼前一晕，却不知是真是假。

"不错，何朔。我陆渊，没死。"那个身影，缓缓从阴影中踱出。

回忆如潮水，瞬间淹没了三人。

二十年前，何朔刚从武当下山。

机缘巧合，他当上了锦衣卫。

在一次行动中，他何朔遇见了陆渊。

那时的陆渊正值丰年，便已统领锦衣卫大局。因为性格相像，两人结为至交好友。

后来，惊鸿照影，陆渊遇见了何朔的妹妹，峨眉派的女弟子何汐。

谁知造化弄人，两人竟一见钟情，缘定终身，即将成为至亲的两人，却都不知道，对方将是不共戴天的仇人。

武当山和天川派！

一战不可避免。

作为武当派中最优秀的俗家弟子，何朔参加了天川一战。

而陆渊作为天川派的大弟子，剑染武当三百余名弟子的鲜血。

如今武林泰斗江越的父亲江云泽也死于这一战。

自江越统领武当与天下武林以来，因为公怨和私仇，武当一直与天川派为敌。

因为那一战天川派也销声匿迹无人知道他们的去向。

但是武当、峨眉、华山、昆仑、少林各派听闻天川派三字，无不咬牙切齿，恨不能将天川派的人杀之而后快。

即使如此，陆渊与何汐仍然不离不弃。

何朔作为何汐的哥哥将妹妹何汐困于峨眉山，集结峨眉众人，连夜追杀陆渊。

陆渊多处负伤，自此失踪。

武林中都以为他已不在人世。

何汐也已尘缘了断，如今已是峨眉派的掌门了。

时光尘封已久，陆渊眼中仍是当年的光景。

最难相忘的，仍是当年……

只听蓝殇道："何大人，当初为了大义，将令妹困于峨眉山，想必也有私心的吧。"

何朔只觉得天地旋转。

不错，蓝殇是对的。

当时，他的确有私心。

他利用妹妹何汐与陆渊的感情，将陆渊引到峨眉的包围圈中，这样陆渊就算有天大的本事，也必定逃不出峨眉众门人的轮番围攻，必定丧命，那锦衣卫统领一职不就是他何朔的了？

事实如此，他的确做到了，只是陆渊没有如愿被杀。

而如今再次见到陆渊，心中除了惊异外，多的不是恐惧，反倒像是一种如释重负的颓然。

"依何大人的性格和智商，自是策划不出如此周密却恶毒的计划，让陆大哥上当。况且何大人也没有如此权力调度峨眉的众门人。"蓝殇笑着摇了摇头，接着道，"何大人，不要替人隐瞒了，是谁指使？"

是谁指使？

四字如针，扎在何朔的心头，搅动着。

他何朔一生行侠天下。

只是这件事一直如毒蛊般在他心中生长。

他亲手断送了自己妹妹的终身幸福，也亲手断送了自己好兄弟、好上司的性命。

如今，这毒瘤已刺破，脓血也随处流淌，他却也不想瞒下去了。

"江越……是江越……是他找到我,也是他派人追杀陆渊,我本想阻断这场姻缘便算了,可他定要斩草除根……"

蓝殇身后的陆渊突然道:"为什么?为什么连你都反对我和汐儿在一起,我……"

"不,陆兄,"一抹哀伤透过何朔的眼眸,"汐儿是你的爱人,也是我唯一的妹妹,我也希望她幸福,但是小弟无奈,不是我不同意,是武林正道不同意,正邪两立。"

何朔缓缓拔出了剑,道:"你的伤应该好了吧?"

他一看蓝殇微微笑道:"嗯,医癫的本事我从不怀疑。命就一条,凭你拔剑来取。"

蓝殇已闪身退后。

这件事,他无权插手。

钟声顺着夜色传来。

无论是谁都可以看出,何朔已必败无疑。

忽见陆渊剑尖飞动,飞向何朔的咽喉。

陆渊是不爱动手杀人的,特别是对朋友、对兄弟。

但他也是天川派的人,他身上也有一点蓝肃霜的性格。

人不负我,我必倾心相待,人若负我,我必十倍相还。

对该杀的人,他们绝不手软。

一寸。

只差一寸。

就在这时,顺着钟声传来的却有另一种声音。

"陆郎。"

声音是那么缥缈,几乎难以听到。

虽然只是远远的二字,而两人却如触电了般停住了。

"汐妹!"

"汐儿!"

可只有钟声,何来人影?

何朔忽地飞起一剑,刺向已近疯狂的陆渊。

剑尖已经抵住了他的咽喉。

只需再一用力……

终是未有血溅。

剑已经被挡下。

一块玉牌横在咽喉和剑尖之间。

只听谁幽幽叹了口气,蓝殇轻道:

"何必?"

陆渊如火一般的眸子,慢慢熄灭了。

剑已垂下。

月光幽然,只听他缓缓道:

"的确……是她,但又如何?"语中平静,却不知是喜是悲。

只听"叮"的一声,剑已落地,人却不见了。

眼泪盈满了何朔的眸子。

终,未流下。

"何朔,今日我不杀你,你不值得死在这里,来日在武当,我必会拔刀杀了你。先送你个礼物吧。"

钟声传来,翠色的玉在月光下闪着。

这是绝世佳品,在何朔被汗浸透却坚定的手上,只见刻着两个古篆字:天川。

十二、砌下落梅

亥时，龙行，落梅阁。
顾元夕，在落梅阁的门前立住了。
青，稼青？
他为何要这么晚约她到龙行客栈？
难道是有人借此诱她入套？
还是……吴佾出事了？
吴佾。
想到他的低眉浅笑，顾元夕心头一紧。
她却更难下推门的决定
四下无声，门口只有她一个静立。
只听"哐"的一声，她毫不犹豫地推开了门。
她呆住了。
的确只有稼青一人。
但还有血，全是血，模糊子她的视线，刺痛了她的眼。
她慌忙跑到桌前。
稼青就倒在案上，血仍不断地从他嘴中向外淌。
"稼青！"
她忙去摸绢帕，慌乱间从稼青的手中掉出一方锦帕。
她想都没有想拿去擦他嘴角的血。
血在锦帕上渲开，漾成了绝美的花，沾了血的彩绣孤鸿，在飘曳的烛光中生辉，血却如滴下的烛泪。

两大颗泪珠落在了刺绣上，模糊了眼帘。

青弟。

你可知姐姐，想你好苦……

为什么偏偏我知道了你的下落时，你却是这般模样？

你为什么不给姐姐一点时间呢？

半昏半醒的稼青微微睁开眼，见是顾元夕，他笑了。

终究是见到了……

"姐姐……"

稼青颤着手，想帮顾元夕擦去不经意间淌下的泪，手却怎么也抬不起来。

今生他终于叫出了两个字。

她也终于听到了这二字，可是心为什么那么痛。

"咳……"

一大口血染红了帕子。

"吴俏……他去了辽东，现在应该是到山海关了，他等不及放榜就走了，早……去塞外了……"

顾元夕只是道："为什么？为什么不早告诉我你……"

"吴俏怕……怕你担心他……咳……"他的眼贪婪地看着她的脸，仿佛要把那么多年的错过都在今天补回来。

我的傻弟弟。

我是问你为什么不早来寻我啊……

事到如今，你怎么还在为别人操心？

眼泪打湿了他苍白的半边脸，她嘴角却勾起了一丝僵硬的笑意，却不知在稼青看来，远胜于号啕。

"青弟，坚持住，你相信我，医癫会医好你的，一定！"

稼青摇头。

"姐姐，在姑苏分别的时候，他便告诉我了，会付出血的代价，但……我不在意。"

不在意？不在意是什么意思？他不在乎自己的生死吗？

可是她在意啊……

四字如铁手，将她的心扯得粉碎。

血的代价，他还如此年少。

她才第一次真正见到这个傻弟弟啊！

他笑了，却合上了双眼，似乎也嚅了嚅唇。

这些年，我很想你。

只可惜这一世相守，要留到来世兑现了。

这白话，他讲不出了，她听不见了。

所以他只是留下一个淡淡的笑，想告诉她莫哭，告诉她不悔。

她真的不明白，为什么最后如此痛苦的时刻，他还可以露出那样幸福满足的表情。

她真的不懂。

她本以为自己早已什么都明了了，她是惊鸿掌门，她是惊鸿仙子，她本以为一切都在她的掌握之中。

情情爱爱，生生死死，她都不再会在意。

谁知道自己遇见了吴侪，一切慢慢开始偏离轨道。

时至如今，好不容易姐弟重逢，而她的弟弟死在了她面前，倒在她怀里。

她甚至开始怀疑，支持她多年的信念。

世间真的还有那么单纯，单纯到让人心疼的人吗？

血点点如红梅溅在她的裙子上，拂了一身还满。

她忽然很怨恨自己。

为什么就不能胆大一回，为什么就不能相信一回，为什么一直顾忌太多，为什么……

为什么不早去找他？

既然结局都是死，为何那些年要留他一个人去伤去苦？

她知道一定是折柳门。

够了……够了。

为什么要咬住不放呢？死的人还不够多吗？

她拿起那条被血渗透的锦帕，拭了拭眼角。

但大滴大滴的眼泪仍在滴落，正如他的血一样。

她觉得好受了些，血与泪混在一起，化成了她难以言状的滋味。

还是她，一直在怀疑。

还是她，一直在犹豫。

还是她，确定了却不敢相认。

还是她，错过了他。

还是她，伤了他，负了他。

她一直在注意身前的吴佾，却忘了身后，还有一个这样的他。

她以前认为，没什么人爱她。

现在才发现，只是她从未回身去看他罢了。

小心地想收起那块锦帕，再抱紧那个人。

却发现手一直在抖，眼中也是一片混沌。

除了伤，除了痛，还有眼泪在脸上滑过的感觉，她什么也感受不到。

她已无法思考。

原来一个人心碎，是这样的感觉。

原来失去一个人，可以这样痛彻心扉。
她终于理解了陈青女和自己母亲。
失去过了，才会明白爱一个人的滋味。

胡府。
万户无声。
只有书房的一盏灯还微弱地亮着。
整个胡府，只有胡少箖一人未眠。
他坐在书案前，公文早已处理完毕，但他仍然坐着。
他在等……
门外似有一阵风拂过。
胡少箖箭一般跃到门口，她倒在了他的怀里。
莫焉！
他扶住她的肩头，却觉得手上一热。
他忙缩回了手，手却被血染红。
胡少箖轻轻将她扶到灯下。
瞬间，愧疚、震惊、心痛将他淹没。
是他低估了稼青，竟让她一个人涉险！
一剑穿透了她的肩胛骨，伤口边已有血块凝住，但仍有滚烫的液体流出。
一向处理伤口利落的他，竟有些不知所措。
也许只因受伤的，是他在乎，他爱的人。
如今，他才发现，她是多么纤瘦。
相比上次他被莫先生打伤时更瘦了。
只有那张脸，仍是棱角分明。
他轻轻抱起她，将她放在床上，仿佛一个虔诚朝拜的教徒，生怕弄疼了她的伤口。

但她仍然感觉到了，微微睁开眼，冲他一笑。

他知道她杀了稼青了。

但他没有一丝快意，只有更多的痛，却又不仅是因为杀了自己的亲弟弟。

水换了一次又一次，然而又被带血的纱布染得赤红。

血与肉结住了，冷汗密密麻麻流下。

他知道，自己越来越放不下她。

现在他才明白，对顾元夕有的，只是倾慕她的姿色。

而对眼前的人，却才是另一种更深层的情感。

她不算倾国倾城，但他不在乎。

他爱的不是她的容颜，而是她灵魂中的矛盾，极富冲击的跳动。

不知过了几个时辰。

莫焉缓缓睁开眼。

左肩的伤好了不少，如火炙烤般的疼痛消失了。

轻轻转过头，看见却是跪在床前的胡少笨。

屋子里弥漫着草药味。

他照顾她，正如那时，她为他操劳。

"少……"

"从现在开始，不许你叫我少掌门。"

"笨……哥哥。"虽然，有些别扭，但她很开心。

胡少笨笑了。

"笨哥哥，天还没有亮，同我说说话吧。"

"焉，清兵到山海关了。"

"为什么朝廷不说？不让老百姓知道？"

"清军势如破竹，一旦破了山海关，大明……"他轻轻摇了摇头，心中又觉得很奇怪自己怎会如此担忧。

"李自成的起义军已经闹得非常厉害，朝廷怕放出风去，动摇军心。"

"如今谁守的山海关？"

"就是吴佾，因为在辽东立了大功，现在总领山海关兵马。"

"那他可以撑多久？"

"应该会有一阵子，他有将才，但……焉，对不起，我不知道能撑多久，也许一个月，也许三个月，也许一两年。"

也许今天国在，明天亡国。

也许今天人在，也许明天人亡。

也许……

莫焉打了个冷噤。

也许这就是生命本来的样子。

痛苦着，飘摇着。

一切都不确定，随时都会被毁灭。

那为什么，不趁着现在说明呢？

"筱哥哥……其实我……"

"我爱你。"

胡少筱轻轻道，对着她那两片单薄而苍白的唇吻了下去，他整个都热了，脸像火烧一般，眼泪从她眼中奔涌而下。

原来他是爱她的。

这就够了。

罢了。

管它撑一年，撑一月，哪怕就是一天。

管他什么人在人亡,这些都留到那时再说。

她突然感谢这些讨厌的打破她平静的清兵。

不确定的命运,才燃起了她心中最真实的情感。

这也许已经不仅是简单的男欢女爱,这是一种依恋,就像对这个败坏了的、但仍是她的国家山河的依恋一样。

"我们成婚吧,谁知道烽烟什么时候会到这里,管他合不合礼。只要快,快……"

江风。

城外。

水波缓泛,芦花轻拂。

大雾弥漫了一切,隐约有一点渔火。

小桌上一盘残棋。

一人坐在案边。

"大哥哥!"

船帘子一挑,来人脱下了披风。

血色的曼珠沙华,在灯下绽放。

陆渊慌忙站了起来。

"兮儿,稼青他……"

蓝殇拿起纱布擦了擦手。

哀伤浸透了他的眼眸。

他轻轻拉了拉陆渊的袖角。

"大哥哥,对不起,兮儿去晚了……"

陆渊坐了下去。

过了好久,才缓缓道:

"也好……也好,他见到他姐姐了,不枉费我……"他想笑,却发现根本挑不起嘴角。

他猛地顿住了。

想开口却再也说不下去了。

"大哥哥,你别说了,你以为我不知道吗?你现在心里有多难过……"

是啊,连蓝殇也看出来了。

有多难过?

他自己也说不出来。

稼青,现在应该是顾青了,虽然不是他亲生的,但远胜于此。

那年,他被江越派来的人追杀,武功半废,死里逃生。

内心的伤痛,身体上的痛楚,将他折磨得不成人样,人未到不惑,两鬓早已生雪。

他多方问询,才知道师妹陈青女在姑苏,便在姑苏城外耕种,混迹于农人之中。

谁知道陈青女不请自来,将一个孩儿托付给他。

陆渊早已耳闻折柳门和惊鸿门的恩怨,也知晓陈青女和胡雁归的过节,心里便猜到三分,是惊鸿仙子的儿子。

沧海桑田,世事变幻。

时隔数年,陆渊变得太多了。

多到陈青女竟未能认出陆渊。

江湖真的不是一个美好的地方。

再次相见,两人都已历经风雨,身世浮沉。

世间最大的悲哀,不是你我相见,互不相识。

而是我见你,你见我,你不相识,我亦闭口不言。

从此,一条陌路。

谁都不知道那一面，竟是最后的相见。

陆渊也不明白到底是他该感谢稼青，还是稼青该感谢他。

他拖着残躯，把这个娃娃养大，教他本门武功，教他认字识礼。

稼青的哪一样不是他亲手教导的？

自从何汐做了峨眉派掌门后，他以为他陆渊早就死了，心里早就结冰了。

谁知，这个小娃娃竟然牵绊了他，又让他活了一次。

他原先是最厌恶小娃娃的哭声的，而自从稼青出现在他的生命中，一切都乱了。

一阵阵啼哭渐渐止住了旧伤上的血，伤口慢慢结成了心上的疤。

一切在以前看起来是荒唐至极的事情，如今他都理所应当地做了。

他以为没有了何汐，他的世界会毁灭，会万劫不复。

然而并没有，春与冬又相遇，偷换了一个又一个流年。

夜阑，他觉得自己仍是陆渊，那个不可一世的天川派大弟子，那个锦衣卫统领。

酒醒，才发现，剑染三百武当弟子的传说早已尘封。

人生也许就是这样，想象中无法接受的事情竟然悄无声息就过去了。

有时候，时间的确是好东西。哪怕是自欺欺人，至少能抚平很多事。

直到那年，蓝殇找到他。

他才知道，这样行尸走肉地过了多少日子。

当年那个天天与他在天川派玩闹，任由他带着四处撒野的孩子已经成了叱咤风云的江湖少侠。

蓝殇尽倾心之力，将他的武功恢复如初。

可是那头白发，却再也换不回青丝了。

再一次仗剑走天涯，他心中只是诧异。

那个小娃娃——稼青，竟伴他走过了他人生中最心碎欲死的岁月。

那年，吴伶十五岁，路过姑苏。

他将稼青托付给了吴伶，又教了吴伶一些粗浅的功夫。

看着两人在他面前结拜，却恍惚想起，自己也曾青春年少。

也许何汐让陆渊觉得生命迷茫过，但同样，他也忘不了稼青。

是何汐，带他看尽这大千世界的繁华。

是稼青，伴他走过一段如噩梦般的岁月。

让他今天仍可以把酒临风，快意恩仇。

不错，我陆渊，没死！

这，远胜于父子。

也远胜师徒。

这样的人……

他怎么能不难过呢？

而如今，陆渊只是坐着沉默着。

蓝殇坐在他对面，看着他眼中风云变幻。

终究，仍是一片沉默。

但蓝殇觉得，这胜过一切撕心裂肺的怒号。

约莫过了一盏茶的工夫，陆渊才缓缓开口。

"兮儿。"那眼波如水，照见了船外那一江未落尽的星。

"大哥哥?"

"记住,对恨的人要恨到入骨,但对爱的人,要爱到疯狂,爱到心碎。"

"爱上何汐,我从不后悔。"

陆渊看着蓝殇。

他的手段,狠得让他佩服。

但有些时候,他又觉得,蓝殇仍是当年在天川派粘着他的那个孩子。

他是那么让他舍不得离开。

他可以说从小看着他长大,看着他去做他想做的事情,看着他一次又一次成功抑或失败。

他一动不动地望着他。

他看见了蓝殇。

看见了他的陈师妹。

看见了稼青。

看见了何汐。

看见了……

看见了当年,他第一次上天川派。

片片雪花时,雪满天川。

"大哥哥,你别……别吓我,每次你这样看我,兮儿就知道……知道……"

陆渊嘴角挑起一抹温暖的微笑。

他该离开了。

从那天夜里,他听见何汐的声音时就决定了。

"兮儿，原谅大哥哥，要走了。"那声音很缓，很柔。

"以后不能陪你跑马了。"

"也不能陪你放鹰了。"

"也不能……"他又一次哽住了。

蓝殇明白。

有些路，注定只能一个人走。

东方微微泛开了红晕，与紫色的夜幕混在了一起，在江上泼下点点梦般的色彩，犹如琉璃被打碎了。

风过芦花飞散开，就像当年的片片雪花。

"大哥哥你去哪？"

一只白鹭划过天际。

"天下！"

十三、飞花有意

日头尚不甚高，花府前早已人山人海。

这一条街，是京城最繁华之地，可以说是天下第一街。

大将军府——"花府"门前，早已乱成了一团麻。

微风轻拂，漾起十里红妆无边。

将军府大小姐抛绣球选婿。

人群中大都是京城中有名的少年才俊。

这个是刑部尚书之子，那个是内阁阁员之侄。个个都是含着金钥匙出生，注定不凡的人。

鲜衣怒马，金石玉环之声不绝于耳。

但是若从彩楼上来看,情形便更有趣了。

最惹眼的不是那片富家子弟,竟是一个白衣身影,远远地绕开人群,径直向前走去。

江离压低了斗笠。

他素日便对抛绣球选亲有不满之情。

人间最有灵性的爱,竟全由一个笨拙的绣球做主?

荒唐。实在是荒唐极了。

他微微皱了皱眉,加快了脚步。

父亲江越向来不喜让他出府,今日一反常态,竟让他一人独自在街上徘徊,还必须让他走花府门前的道,难道……

江离正自思量。

忽然,一人从他身边疾驰而过,有意无意恰好将他的斗笠撞掉了。

忙乱间他只瞥见了袖角血色的云纹。

三千白发,骤然在风中散开了,一身白衣,本已惹人注目,他掩映在白发中如玉面,更是在人群中泛起了波澜。

"那就是江家大公子,天下无双,着实非同一般啊,超脱世外,宛如仙人,真是人中之龙……"

"苍天如此不公,人生一切美事尽被他占尽了,他是武林中最出名的少年侠客,又有潘安宋玉之貌,而且家世又好,咱可别乱嚼舌根,将来他可是要做武林盟主的。"

"如此家世,惊人武艺,再配上这玉面,啧啧,只可惜听说他那一副身体啊……还有那头白发……唉……"

江离似乎觉察出了那群少年公子眼中隐隐的恨意。

这估计也正是他父亲不让他独自上街的缘由。

他以手扶额,轻笑了。

谁知他最恼这绣球呢?

他不想得到的,旁人反倒眼红。而正是因为他这样的态度,才更可恼。

他轻轻叹了口气。

希望自己不要被绣球砸中。

似乎想到了什么,他忽然顿住了,托起腰间的玉佩。

红色的丝绦,温润的玉色,温柔的笑意浸透了他的双眸。

你还要我等你多久呢?

他正出神,只觉得一阵风过,不假思索本能地出手。

然而,他实在后悔了。

金丝碎银的绣球到了他的手中,红得刺痛了他的眼睛。仿佛是对他先前的态度,最残酷的讽刺。

他抬头向绣楼上看。

没有婢女,没有脂粉,只有一身红色的轻巧软甲。

那是……

当今朝中唯一的女将,当朝大将军之女——花破香。

人群又闹了起来。

江离皱了皱眉,却大步迈进了花府。

定是爹搞的鬼。

江越早就有让他跟花破香联姻之心。知道江离性格冷傲,不会轻易同意,一定是亲自设计排演了这场选婿的大戏。

他一面漫不经心地向里走,一边在心中无奈地暗笑。

父亲大人,你可知道儿子心中早已有人了……

花府的大堂正如大将军的为人,宽敞实在,这点与江府截然不同。

江离也的确纳闷于父亲为什么会把江府的大堂弄得如此艳俗。

果不出江离所料,江越与花老将军早已在厅上叙上旧了。

见江离向他施礼,在老将军脸上带了一丝爽朗的笑:"贤侄,准备何时迎娶小女破香啊?"

花老将军自然也算是个人物,毕竟朝中正一品的武将,也是一刀一刀一剑一剑实实在在用血堆起来的,这点不假。

江湖上有自己的武林,朝堂大内中也有不少高手,若论起来,抛开江越不谈,花老将军自然当居第一。

再加之,花老将军极豪爽,不拘一格,便自然成了朝堂上大内中一众高手的领袖,这一派势力的统领人,这自然也是江越与他交好的原因之一。

所以江离虽说心中不愿答话,但碍于老将军的人品,答道:"大人,恕小侄直言,小侄绝不会娶破香姑娘为妻的。"

"贤……"一丝诧异闪过老人眼底。

"荒唐!"江越突然大声呵斥。

"父亲大人恕罪。"

江离一掀袍子,跪了下去。但姿势极其潇洒,神色哪像是认错之光景?

江越正想发作,却见花老将军暗中扯了扯他衣袖,便压住怒气坐了下去。

"贤侄接了小女破香的绣球,为何又要反悔?"

"大人,绣球的确到了小侄的手中,但小侄从来没有爱过破香姑娘,也不会娶一个自己不爱之人将就余生。"江离沉吟半晌,正声道。

"难道大人想要您的爱女终身守着一个不爱她的夫君?"

江离抬头，眯起眼轻笑着问。

"逆子！"

江越再也忍不住了。

"你就不怕我将你逐出江家？破香姑娘哪里配不上你了？你不愿意娶她？却接人家姑娘的绣球，损人家姑娘的名声？"

江离抬起头，横心道："孩儿斗胆有一言相告，若娶一个不爱之人和死有什么分别？"

"况且……"江离眯起了眼，"这也耽误人家花姑娘。孩儿心里早就有人了。"

"可否告诉伯伯，是哪家姑娘啊？我也好再劝劝破香。"

"恕小侄无可奉告。"

既然已经撕破脸，又何必退让？

江越与花老将军的脸色越来越难看。

江越也眯起眼，重新审视跪在自己膝前的儿子。

江离这几年来，越来越让他这个当爹的猜不透。

他表面上尽到了所有的礼数，但实际上却对他并无半点亲近之意，若即若离。

看着他冷若冰霜的脸，江越有些懊恼自己的过激反应。

关心则乱。

这小子，抗了婚，还敢仰起脸冷傲地看着自己亲爹！

他何时有的心上人，自己这个当爹的竟然不知道？

逼问之下，江离竟也不告诉他？

"无可奉告？"

这算什么意思？

难道说……

他怕被自己知道？

三个字在江越头脑中挥之不去，瞬间揭开了结疤多年的伤口。

他想起了多年前，自己也是这样跪在江云泽面前抗婚。

他全身的血似乎都到了一双紧握的拳头上，全身之力用在右手，尽全力掴了眼前的儿子一掌。

江越如今是整个武林武功最深不可测的人物，虚怀道长闭关多年自不算在内，至少天下是那么认为的。

江离的脸虽然没有立刻肿起来，依然白皙如玉，只有淡淡一片红印，但胸中却似被堵住了一般，一口血压在喉间却吐不出来。

他觉得双腿似乎都跪不稳了。

爹竟趁他一年中身子最弱之时打了他如此狠的一掌。

"住手！"

只听帘后一声娇斥，铠甲声响，一人已跃到厅前。

"爹爹不必相逼，既然江公子无意于我，我又何必执意要嫁与他？况且他说得不错，和一个自己不爱的人度过一生有什么意义？爹爹若担心女儿名声，那大可不必，女儿愿一生戎马，一世铠甲，与爹爹征战千里。"

"破香姑娘？"江离转过脸，望着那个大胆的女子。

"江公子，你可以走了，破香与你在此别过。"

一行热泪从她英气的脸上滑落，却又被完美地掩饰过了。

她终究是个女儿，又在这如花似玉的年纪。

江离知道，她必定爱得很深。

能为所爱之人着想的人，必定爱得不浅的。

但江离知道这样的人不需要安慰，也不需要道歉。

这些只会侮辱她。

泪痕已干。

他明白自己不适合她，这些想必她也明白，他看得出来只是她放不下。

"好，就此别过。"

花破香笑了，对他的默契笑了。

今生做不了爱人，就做兄弟吧。

待君情深，奈何缘浅。

不需要什么世俗的言语，这才是他们最好的离别。

江离冲她轻轻一笑，胜过千言万语。

又一行泪悄悄从她眼中溢出。

撇下厅上三人，江离拂袖而去。

"我江离的命运，只能由我自己决定！"

长袖一摆，人已离去。

秋水共长天一色。

胡少棨独自站在庭中，望着天上的归鸿。

与清兵已经打了几战，虽说一直在山海关僵持，但总有一天会打进京城。

就算不是清军，李自成的军队也会包围北京的，这一切早已知晓，已成定局，只是时间问题。

他知道明朝迟早要亡国，但他仍不会放弃。

有时他也觉得自己可笑至极，因为官场中的身份只是他的掩护。他不该有这些感情。

他从什么时候开始，也像个真正的文士一样，有这等情怀了？

一闭上眼睛，莫焉似乎又出现在他眼前。

他想起了她，想起了她心中火一样的炙热。

他自己也仿佛烧了起来，仿佛是在感受灵魂中从未有过的刺激。

"少主。"

莫焉？

胡少箖猛然想起，莫焉已经不叫他少主了。

眼前人是莫绯。

平心而论，莫绯比莫焉美。

如果说莫焉还是个小姑娘，那么莫绯就早已是大美人了。

莫先生似乎也更看重莫绯，即使莫焉的武功更精湛。

但从性格上说，莫绯更像折柳门的人。

但是胡少箖不管，他就喜欢莫焉那孩子气的面庞。

他以为莫焉有一种莫绯没有的东西，那种东西也正是他所缺少的。

"莫先生病重。"惊雷一般，将他的神拉了回来。

他忽地转过身，莫先生？

他怎么会突然病重？

自入京以来，怕引人注目，与他见面甚少。

他也知道，檀冉的事，算是折了他的左膀右臂。

但是几个月的时光而已，他竟病重？

胡少箖不及多想，忙跟着莫绯出了门。

匆匆来去，竟已秋末了。

房中挑着极亮的烛火。但仍觉得甚寒。

风凛冽，火明灭。

见到莫先生，他才知道。

他真的病重了。

一切别的灰飞烟灭,眼前的只是一个垂垂老人。

只有那眼中的一丝余光,似乎宣告着他曾经多么不平凡。

莫绯已经悄悄退出。

胡少簗在床边坐下,握住那双干枯的手。

胡少簗感到眼眶发干,似乎要裂开,但并没有想要流泪的感觉。

他不爱这个老人。

但他也不恨他。

是他,硬生生把一串复杂的仇怨安在他身上,逼着他苦大仇深地活着。

但也是他为折柳门无偿地卖着命。

他知道莫先生过去一定有过叱咤风云的时候,但不管那是什么,现在,已不那么重要了,他终究什么也没有留下,也像个平凡的老人,将死在病榻上。

有时,胡少簗也觉得莫先生很奇怪,竟能以如此空虚的理由,支撑着他处理折柳门的日常事务,无休无止地操劳。

仅仅是因为当年他爹胡雁归救了他一命?

莫先生当年跳下山崖,将他胡少簗找回来,算是已经一命抵过一命,该还的早还清了。他们之间,理应两不相欠了。

他成人以前,莫先生算是他的师父,甚至是父亲的角色。

他成人以后,莫先生是他忠心不二的助手。

他的一生都给了胡家,难道理由仅仅是因为恰巧救了他?

听上去像个笑话。

如今,他才年过半白,竟已像个古稀之人了。

胡少簗看着那蜡黄的脸,似乎又觉得很可怜。

他把这救命恩人的帽子草草往胡家头上一扣,把自己框得死死的,为他家卖了一辈子的命。

胡少槺想不通自己到底应不应该感谢莫先生。

当年是他在山崖下九死一生救回了胡少槺的命,但也害得自己落到这步田地。

胡少槺是活下来了。

活下来很好啊。

可他从来没有为自己活过。

小时候为复仇做准备,拼命练功。

好不容易,练得有些境界了,也长大了,要复仇了。

现在他为了复仇,早已把他心中的一切信条打得粉碎。

老了……难道真的还要为复仇而死吗?

想到这一层,胡少槺又有些怨恨莫先生。

但心念一动,又觉得似乎更多的是有些恨他爹,他又立刻觉得不应该有这种思想。

他想到了顾元夕。

他明白了,对她当初全然不是爱慕。

他们只是同病相怜。

他们根本不适合复仇这件事,只因为有人相逼,迫不得已。

其实为的不过自己的可笑,正如一个从未碰过刀剑的士兵被拉上战场,只能慢慢学习摸索,却也渐渐迷茫。

被迫地学会爱,学会恨。

但是莫焉……

他又想到了莫焉。

是的,她与莫绯不同。

她敢想她自己的人生,她敢走自己的路。

她敢要自己想要的东西。无论如何,不择手段。

这辈子,只有爱上莫焉是他自己的思想,是他胡少棪自己的决定。

可笑吧,堂堂折柳掌门,竟到这般田地。

有了莫焉以后,他胡少棪以后只听自己的。

胡少棪正自出神,忽然听得床上的人咳嗽起来。

胡少棪仍不可控制地紧张了起来,忙道:"莫先生……"

老人迷茫的眼中见是胡少棪,嘴角微微上扬。

想说什么,可如今除了咳嗽,他什么也做不了。

"交给莫绯……咳……"莫先生的嘴唇打着抖。

"这……是我要她办的……最后一件事……务必要……办好。"

织锦的香囊无力地落在他手中。

一抹诡异的笑意掠过老人扭曲的嘴角,但马上消失了。胡少棪却未发觉。

"棪儿……"声音犹如沉铁,狠狠砸在胡少棪心湖,心却抽搐般的痛。

棪儿?

他叫自己棪儿……

忽地想起,他很久没有这样叫过他了……

眼泪瞬间落了下来,打湿了老人干枯的手背。

这个名字,在他塞外放马时听过。

在他不堪重负时听过。

在他早已要选择放弃时听过。

在他最快乐的时候听过。

在他最痛苦的时候听过。

却就是没有在近几年听过。

而如今这熟悉的两个字,又从这垂死之人嘴中吐出,多了几分不同之感。

恍若隔世。

眼泪仍然在落下,眼角的刺痛感消失了。心里的锋利感却又增加了,犹如钝器在心上最柔软之处绞动。

但他仍不愿意停下,他知道这样很没有骨气。

但他今天就要哭他个痛快!

不是为莫先生,不是为任何人,只是为了他胡少箖自己。

突然发觉,其实莫先生和他一样啊。

为了繁重的帽子无休止地卖命,心里却什么也没有留下。

他们也觉察出了这样做不对,但什么也改变不了,因为早已深陷其中。

困住了自己,再也出不来了。

一抹真正安详的笑容浸透了老人干瘦的脸,其实胡少箖不明白。

莫先生是愿意的,他是愿意深陷其中的,他愿意献出自己的一生去换取胡少箖的辉煌。

这点,他从不后悔。

一切只因为当初胡雁归在苦难中给他的一只手,不经意间的一个笑容。

眼前忽是迷茫一片,犹如大漠风啸黄沙。

那个当年,有鲜衣怒马,有走遍天涯,有少年不羁狂放的梦,更有那个他。

也许,这就是情义?

"胡大哥,小弟没有对不起你。"

老人顾自喃喃，但胡少榇并没有听见。

泪滴在老人充满笑意的脸上。

胡少榇站起身，大步走了出去。

他知道，他胡少榇从此，再不流泪。

十四、心悦君兮

江越坐在书房。

他心中烟云四起，不由得在房中来回踱步。

江离的心上人到底是谁？

难道真的是……

"禀老爷，公子的身体怕是不行了！"

下人刚走，江越心中乱作一团。

自己未免下手太重，忘了江离的身体状况。现在想来也是后悔莫及。

若是在平日，这区区一掌对江离自然是不足挂齿。

但如今，秋末冬初，正是他身体最脆弱的时候，只怕……

他江越漂泊半生，只此一子，说不心痛，那是假的。

但是他真的不能容许江离再犯和他一样的错误了。

他老了，没有过多的时间了。

是该打醒他了。

他缓缓回过身，轻轻用手拍了拍衣角的皱褶。

"是你。"江越笑道，却没有过多的吃惊。

一人从梁上落下，站在江越面前。

蓝殇。

"我知道,你一直都在。"江越又慢条斯理地坐下了。

他的目光停留在蓝殇脸上:"你和你爹,太像了。"

蓝殇一皱眉道:"不想你江家宝贝少爷死,就让我去见他。"

"哦?"江越挑眉。

"为什么偏要你去?"

"你不必否认。"蓝殇人已到了门边。

"他这个病,天下只有我能治好。"

江离坐在桌前。

本挂在他腰上的玉牌,已被他解下。

玉色温润,衬托着火的丝绦,越发好看。

玉上用古篆刻着两个字:

天川。

指尖反复摩挲着玉牌,人又是猛然一阵咳嗽。

你在何处?

无论如何为了你,我从不后悔。

想到那个人,江离又伤神了好一会儿。

这个时节,他本来身体就很虚弱,这一掌下来,更是雪上加霜。心焦之下,运功也无用,一阵阵咳嗽竟怎么也止不住。

他只觉得喉间一阵甜腥味,知是咳出血了,不禁用手掩住了嘴角。

血色在绢帕上绽开,很快渲染了一片火红。

谁?

江离回头,顿住。

多少日,望眼欲穿。

多少夜，千回百转。

这一生，他只等这一个人。

这一世，也只有这个人值得他抛下一切去等。

冬与春相遇，她终未辜负他的思念。

他不知道今生还有没有那次蓦然回首，他不奢望，却固执地要等她到白发，他不在乎任何旁人的言语，他要将这一切，付与时人、冷眼相看。

我听过多少望尽天涯路的心碎，却远不及我对你飞花轻似梦的臆想。

顾元夕第一天到江府时，江离便见到了蓝殇。

是的，他知道是她，一定是她。

虽然也知道她是迫不得已，他还是心痛了，彻彻底底地痛了。

盈盈一尺，如星辰遥远，到如今，早已一眼万年。

他想冲上去，离她再近一些，因为他怕，怕这些年他藏在心中的人只是幻影，是碎片。

那么多年，你又躲在天涯的哪个角落，一人心伤？

理智生生将他拉回。都只是漫不经心，浅浅一揖，却痛彻心扉。

那天风很冷，他咳得很厉害。

花落间，他听见了心碎的声音。

皆道君乃放荡子。

又谁知，君本是红妆。

所有伪装，在一霎时都灰飞烟灭。

在他面前，她永远藏不住的。

但她好像是有意避开他似的，再也不让他见到，哪怕一眼。

兮儿……

别人只知，你是蓝殇，是天川派少主。

只是他仍知，她叫兮儿。

这个名字，是蓝肃霜在她小时为她取的，只有陆渊和江离知晓。

这个名字代表了她生命中所有的良知与爱。

你为什么这么做？

你可知……

"是你。"他笑出口，只是这二字。

谁知蓝殇也只是微微一笑。

"江公子说笑了，我们以前认得吗？"

认得吗？

难道他认错了？

天下容貌相似的人不少。

可是他却不会认错她，永远不会。

那难道是……她想装作毫不相识？

他嘴角仍牵起了笑，心中的血却止不住地淌。

她怎能如此残忍。

当年，她还是没能原谅他。

江离咳得更凶了。

那人忙走近了几步，用绢帕掩住了咳出的血。

到底是谁的脸上，漾开了微微的心疼。

四目相对，室内静如止水。

他拭去了血，只是一笑。

他等来的，是与他素不相识的她。

说的豁达，那都是假话。

这三年来，他从未放下。

罢了，他不强求。

她现在不愿爱他，他不会逼她。

但是，他也不会轻易放弃。

蓝殇忽然飞出一掌打在江离胸口，一口鲜血浸透了绢帕一角。

江离瞬时晕在蓝殇的怀里，闭上了双目。

他不惊讶，也没有不信。

他愿意相信眼前的人，哪怕知道自己也许会灰飞烟灭。

就算蓝殇想杀他，他也不介意。

这是当年，他欠了她的。

他愿意让她来选择。

这一次，他赌赢了。

蓝殇全然不想伤害他，只是帮他逼出了压在胸口的那口血。

江越掌力雄厚，以蓝殇至寒而凌厉的内功，正好将血清了干净。

反之江离若是用内力抵御，情况便难以预料了，连蓝殇也不知能不能救他。

蓝殇从怀里摸出了三根银针。

江湖上早有传言，医癫治人堪比上刑，但药效猛，成效快。如今蓝殇虽不以医癫之名现身，但这一点还是不变的。

才下了一针，江离额角就有了密密麻麻的冷汗，若是不把他打晕，以他现在的身体，想要清醒地熬过去，绝无可能。

夕阳。

一片鎏金。

细密的光点，渗进了谁的心间，叩开了谁的思念。

蓝殇收起银针。

他的伤，她已治好了。

她的确是天下唯一能医好他的。

不光是因为她是医癫。

更是因为，江离身上的病，是天川派的内功所伤。

是他爹蓝肃霜。

十五岁。

她浪迹天涯。

她以蓝肃霜的身份离开天川派，下山四处寻找她爹当年的旧部。

她要重振天川派。

不光是为她自己，也是为了她爹，为了整个天川派的人。

她要他们，血债血偿。

十六岁。

她在黄沙中放鹰，那是和陆渊。

十七岁。

她在雪山尖第一次喝醉了，那是一人。

十八岁。

她在京城与江离相遇。

巧得很，当时正是秋末冬初。

她的本意只是想探一探江越的深浅，却意外以医癫的身份，救了江离一命。

她多了个心，没有全然治好他的病。

因为她怕。

她觉察出自己对他，有一点点不同。

她也觉察出，他有些爱上了她。

她怕江离发现她的身世，与她刀剑相见。

她也怕，自己会做出不理智的决定。

她可以肯定，她不想杀他。

可她更肯定，她还不能死，她也不想被他杀。

也许这次的遇见，已然是她生命中最理智全无的疯狂了。

蓝殇离开，在一个夜半。

因为江越盯上了她。

江越是个谨慎的人，天川一战后更是如此，宁可错杀，不愿放过。

秘密地江离奉命追杀。

那夜，江离刺伤了她。

到底是她输了。

身上的伤，她不在乎，调养了便会好，只是时间问题罢了。

可是心上的呢？要何时才会结痂。

她是留下刻字的玉牌，与半截火红的丝绦。

从此又是仗剑天涯。

无论是因为什么，他再也忘不掉她了。

当初一走，本便没想过再见。

要见，也只是以复仇之名。

谁知三年后，她又遇见了江离。

秋风吹起她的头发，恍恍惚惚，就是当年。

可是早已不是当年人了。

蓝殇沉默了。

这一次，她还是想选择离开。

于他也好，于自己也好。

既然棋已走到如今这步，她，天川派与武林正派，与江家的仇已无可避免。

那又为什么要陷入当年一样的为难呢？

走，对他们都是最好的选择。

忽然……

他拉住了她的手。

"你不记得我了吗？"他刚醒，手上虚虚软软地没使太大劲，不知为什么，蓝殇却一时没有脱开。

顿了一刹，蓝殇脱开手揖道："公子认错人了。"

"不，我绝不会。"江离已然站了起来。

蓝殇一蹙眉，他今天非要逼她当个恶人吗？

好，她不怕。

"天下容貌相似的人很多，公子只怕认错了吧。"

她已大步向门走去。

她一向自认是个绝狠的人，正像当年那晚，她与他过招一样。

但讽刺的是，今天她竟有些迈不开步。

分别的这些年，他难过，她又何尝不是呢？

"蓝殇，你站住！"江离已站到了她身后。

蓝殇回身。

"你若还是想不起来，我来帮你。"

他忽然走近，吻了她。

这一次，他不要再失去了。

没有她的日子，他不想再过下去了。

蓝殇突然愣住了。

"蓝殇,你可以忘记所有人,但你就是不能忘记我。"
"这些年,我一直很想你。"声音很轻,却重重压在她心上。
蓝殇笑了,只是有些苦味。
"好,既然如此,你等着,我去去就来。"
她悄悄越出窗外。

晚霞。
江离的目光犹如凝住了一般,定定落在蓝殇身上。
"噗嗤"一声,蓝殇笑了。
"看什么?难道我特意换的这身衣裳不好吗?而且你不是早知道我是女子吗?"
是啊,几年前便知道了,但是还是不免有些惊异。
他干咳几声。
这是他第一次见她着女装。
虽然仍然是白衣,袖口仍带着精致的云纹。
江离来到桌案前,知道自己一身旧疾已去,倍感轻松。
只是,他的白发,却是再也换不回青丝了。
"走。"他对她笑了。
"去哪?"
"上街。"
蓝殇一努嘴,盯着窗外看。
江离没有说话,只是轻轻抓起了蓝殇的手。
果然不出他们所料,门外尽是江越的耳目。
平日里江离的一个贴身小厮迎了进来。
"少爷,您不能出去,老爷……"
话到一半,那小厮的目光,盯住了江离身后的蓝殇。

世人皆知，江家大公子对谁都是冷冰冰的，爱理不理的。今天怎么从屋里带出个女子？而且还手挽着手？

"聒噪！"

江离将蓝殇一掩，伸手推了那小厮一把，一张字条落在了他衣襟中，江离的耳根子不禁有些红了。

这下，那小厮更是饶有兴趣地站着不走了，因为从小是江离的小厮，胆子也大些，在江离面前也不怎么拘束，正想说几句玩笑话，只听江离轻斥一声："还不快走？"

不等那小厮动身，江离早拉着蓝殇跃出墙外了。

街市。

远望过去，华灯初上，灯火阑珊。

犹如幻影，抹去一切伤痛，一切过往。

蓝殇戳了戳江离，戏谑道："江公子越来越大胆了嘛，竟敢与父亲大人唱对台戏。"

"还不是你撞掉了我的斗笠，不然花破香又如何认得出我？"

蓝殇做了个鬼脸。

"江公子这可算是任性了一回。"

嬉嬉笑笑，江离总是说不过她。

江离轻轻叹了口气。

这一生，是他先爱上的，与蓝殇的这盘棋，他早已满盘皆输。

遇上你，纵使我有千言万语，也说不清。

灯火依旧阑珊，给一切抹上了淡淡的红晕。

世间有死亡，也有恐惧。

但有时到了眼前，反而不会被提及。

两人都很清楚，总有一天，他们将对立，将痛苦，但谁也没有去关注。

街上的人都知道即将国破家亡，即将妻离子散。

但又有谁会在此刻痛哭？

毕竟还没有到来。

为了眼前的悲欢离合，早已流尽了辛酸泪，为什么还要为将来的痛苦忧虑，打碎现在难得的、琉璃般的美好？

琉璃美吧？不假。易碎吧？也不假。

既然结局都是死亡，为什么不沉沦于短暂的如今？

她拉着他穿行在灯火间，看尽红影千万，最终只买下一个糖葫芦。

他无奈叹气，却俯身为她小心拭去嘴角的糖渣。

世间有极乐吗？

如果有，那么就是现在。

世间有永恒吗？

如果有，那么请停在现在。

转过三生，换得此刻与你的沉沦。

城外。

山巅。

远远望去，京城不过灯火一片。

世间万事，原来终不过如此。

夜幕混着黑紫色，风有点大，吹散三千发丝。

一声长啸回响在山间。

蓝殇望着天幕。

原来这才是东风夜放花千树。

这自然是刚才江离用字条催那小厮办的。

千万盏孔明灯飞向天际，映着江离绝美的脸，还有那丝淡淡的笑。

一点又一点的光，不知从哪里来，也不知要去向哪里，却在空中绽放。

这一切都是前世定下的契约，今生的还愿。

不要来生，不念前世，任今生山崩地裂。

他要守着她，哪怕神形俱灭。

蓝殇捉住一只灯，带着一张字条："心悦君兮"。

山有木兮木有枝，心悦君兮君亦知。

蓝殇猛地抬头望着江离。

"兮儿……"江离轻轻开口。

这一天，他们都等了很久。

仿佛有火，骤然在心中燃起，慢慢地蔓延。

满天的孔明灯，散开来，远去了，化作一片。

正如当年初见时，片片落花。

飞蛾扑火的时候，一定是快乐的。

但也肯定是不计后果的。

蓝殇不是飞蛾。

"兮儿"，仿佛是陆渊在唤她。

她恍惚间又看见了那只划破天际的白鹭。

她还在替天山派众人而活着。

戏还没结束，她不能做那同归于尽的小丑。

爱情不是盲目的愚忠，毕竟情种只生在太平门楣，而她蓝殇恰好不是。

指甲陷进肉中，留下了一弯血色的新月，正如背上那对刀。

在她打开心扉前，她要把一切都弄清楚。

她不要犯三年前一样的错误。

她握紧了手中的字条。

"江离，你应该知道天下有一地叫天川派？"

普天之下，莫非王土，率土之滨，莫非王臣。

此地非王土，也无王臣管辖。

什么中原武林，什么武林盟主，都无权过问。

一切只有掌门决策。

此地便是——天川派。

"还有一个名字，你也应该熟悉的。"

"你可知天下有一人，叫蓝肃霜？"

天川派掌门，蓝肃霜。

江离不否认。

知道，从他是小孩时，他便知道。

"武当山和天川派的仇，你是一定知晓的。那么我现在告诉你，我便是蓝肃霜的独女——蓝殇。"

蓝殇望着江离的眸子，字条早皱了，她走进了自己的圈套。

她希望江离知难而退。毕竟横在他们之间的是天下武林。

谁知江离只是望着满天的灯，云淡风轻地道："我知道，当年第一次见你时，我便知道。那又如何？"

那又如何？

什么叫那又如何？他不要命了吗？

蓝殇一直以为江离被蒙在鼓里。因为据她所知，三年前江越什么也没告诉江离，只告诉了江离：杀。

原来他早知道。

他明明知道他们之间有世仇，却不应该地爱了她那么多年。

时光冲刷了三年的感情。

他竟痴心到这个地步吗？

江离腰上的玉牌在火光下泛着绮丽的光。

红色的丝绦，正如蓝殇腰间的一样。

蓝殇盯着玉牌上的字。

"江离！既然你知道，那为什么？为什么你不在当年杀了我？"

她眯了眼，甚至眼中带了一丝讽刺的笑意，弯刀却早已被握起，巧妙地藏在身后。

"这句话应该由我问你。"江离忽然转身对着她，"我当年命如悬丝，你为什么不在当时杀了我，却要留我再活三年？而今天，你有一整夜的时间，为什么又放过我？"

一抹冰冷抵住了他的咽喉，但刀并未出鞘。

"江离，你不恨我吗？你的一身病痛都是我爹所赐。那年在天山，你还是个襁褓婴儿，我爹以天川派独门内功打了你一掌，自此，每至秋末冬初，你便……"

字条已揉成一团。

江离笑了。

他眼中尽是当年一片片落花，漫天飞舞。

他并没有拨开她的刀，只是小心地拢了拢她被风吹乱的发丝，轻轻拭去了她额上的汗。

"兮儿，你叫我如何恨你？我又拿什么恨你？"

你可知我的三千发丝，只为你而白……

玉牌上天川二字，在灯下分外明显。

是的,她高估自己了。

她本以为自己卷土重来,可以不乘人之危。

但她错了,她一脚踏进他的漩涡中,再也出不来了。

她托着玉牌。

"江离,你可知,这玉牌是何意?"

"我明白的。"

明白又为何要收?他明明知晓,一枚玉牌,便是一条命啊……

"只要是你留下的,哪怕是阎王的一纸招魂书,我也会留着。"语气中仍是不变的风轻云淡。

他望着她。

他竟可以为她做到这样吗?

她攥紧了字条。

"混账!江离,你听着,我是蓝肃霜的独女,天下武林正道人人想诛之而后快的妖女。我双手染血,杀人如麻,与整个武林为敌,是所有名门弟子的噩梦。而你是天下第一公子,你爹死后,你就是武林盟主,你年纪轻轻就是所有武林后辈的领袖,世家弟子争相相仿的楷模,这样做,难道不怕背弃你爹?难道不怕背弃天下武林?"

"武林正道算什么?"

江离望着一盏孔明灯渐渐飞远。

"从我爱上你,我已万劫不复。你没有错,天川派也本没有错,只是有人相逼罢了。"

"他们没有资格左右你我。"他扳着她的肩,握住了那只要拔刀的手。

"我……"

"闭嘴！"江离轻呵道，他的唇已经触到了她的唇。

灯仍在飞。

那字条却早已飞落，到无名的角落。火红的丝绦在风中消散。

"既然如此，哪怕与整个武林为敌，我也不在乎。"

十五、无奈归心

城头，月下。

吴俏坐在城楼上。

风很冷。

只有他一个人。

他习惯了。

他近来很少喝酒，因为那会影响他的决策。

他现在要决定的是天下的何去何从，无数无辜百姓的生死。

时间真是个奇怪的东西，几年前，他还是那个在姑苏寻欢作乐的世家公子。如今，在边塞也有些日子了，想到多年前的幼稚，他不禁笑了。

想来爹说的没错，只有战场，才能令人快速成熟。只有生离死别，才能教会人更多。

不久前，他还是那个有祖父宠爱，有爹照顾，衣食无忧的少爷。

如今，他只有一个人了。

当初来只因父亲病重。

隐隐约约，也许也是为了自己的一腔热血。

然而见过了沙场，见过了战争，他才决定留在辽东。

爹病亡，辽东失守，他退守山海关。

他明白此关一破，明朝也差不多走到了尽头。

经历了才知道，他人口中的战争绝不是那样的。

真正的战争是要流血要死人的，绝不像他们说的那样崇高神武。

有时，他甚至觉得是肮脏无比的。

所幸现在的一切他都习惯了。

今日大捷，清兵损兵折将。

他摸了摸鼻子上留下的伤痕，笑着躺了下去。

他不想参加什么庆功宴，因为那华灯，那美酒都只会让他想起同一个人。

顾元夕。

他几乎要把所有当年在姑苏的事情都抛诸脑后了，但就是忘不了顾元夕。

想到她，他只想喝酒，管他什么别的。

他决定去赴宴，伤就伤透吧，醉就醉个彻底吧。

他终于可以理解周仝为什么当初不断劝他喝了。

因为酒有些时候，真是好东西。

比如现在。

他几乎是一壶一壶倒下去的，耳边人的言语似乎都不重要了。

他酒量比当初好多了，可以尽情瞎闹。

举杯消愁愁更愁。

醉中,仿佛一切都化成了顾元夕,化成了她乌云一般的长发。

朦胧中,耳边的言谈却霎时清晰了。

"听说了吗,京城有个大美人。"

"听说了,是姑苏去的,皇帝喜欢得不得了,叫什么顾元夕。"

"是,我听说召进宫去,要封为贵妃了。"

犹如一盆冷水,将他的心彻底浇凉,吴侩揪住身边的那个兵卒问:"此话当真?"

那兵卒也有些醉意了,指手画脚道:"假不了,假不了!就差昭告天下了!"

周边又是一阵欢笑,吴侩的心沉了下去。

黑暗中。

一只秃鹰被放飞。

恐怖的疑云在京城散开。

山海关失守!

自欺欺人的骗局终于结束。慌乱透在生活的每个细节中。

玻璃一般的假象被打碎了,天朝上国的谎言在血的胁迫下,终于被搅得七零八落。

一时间,震惊朝野。

吴侩却一点也不震惊,是的,他投清了。

冲冠一怒为红颜。

他并不后悔。

对他来说,对这个飘零的王朝早已没有什么情怀可言。有的只是身为汉人的责任,这已经成了一种近似于交易的关系，他为这个王朝拼命，而王朝让他心安。他们父子俩都在战场为皇帝鞠躬尽瘁，而当今众人口中的天子，只知道夺了他最爱的人吗？

他知道，这个千古的骂名，他是背定了。

但那又怎么样呢？

前线战事吃紧，就算皇帝没有真正夺走他的人，也不该在此时此刻纳妃。

他倒好奇，史官以后会怎么写下他投清的理由。

荣华富贵？

功名利禄？

还是只为一个她？

他知道自己这样很荒谬，他也知道自己这样辜负了整个天下的厚望。

但他不在乎，一点也不在乎。

有些人就是这样，江山，美人，他选择了美人。

这是他自己的选择。

相比一切，他更担心的只是——

在顾元夕知道他投清后，还会不会愿意同他一起走下去。

无名的小阁。

莫绯站在窗前，嘴角挑起了一丝暗笑。

她拍了拍肩头秃鹰的翅膀，又将它放回无边的黑暗中。

她将从鹰脚上拆下的字条放在桌案上，慢慢坐了下来。

字条上只有两个字。

事成。

京城。

月夜。

顾元夕坐在窗前。

虽然因为蓝殇相助,她不必进宫了,但江越仍然留她在他府上。

蓝殇,想到他,顾元夕皱了皱眉。

他是什么人,为什么要在惊鸿楼那么些年?

先是商寻,然后是医癫,他应该与她毫无关系,却为什么要三番四次地帮助她?

如今,一切都很平静,胡少莯不再陷害她了,皇帝也不为难她了。

她闲得有些发慌。

难道,这是暴风雨之前最后的平静吗?

月色很好。

她望着窗外,想起了那年。

想起那个他。

恍恍惚惚,仿佛仍是昨日的事,已然隔了几年。

她的心中早已是一片柔情似水。

他们都错了。

她身边总有人费尽心机,竭力想把她训练得不近人情,好应对他人的复仇。

但他们都失败了。

有些骨子里的东西是改不了的。

一切只是个外壳,自从她遇到他开始,那个外壳便早已四分五裂。

爹和娘她都没有见过。

陈妈……陈青女去世也有段时间了。

青弟……死在了自己怀中。

这个世上竟只剩下吴佾一人还是她的牵挂。

吴佾……山海关……

她又想到了山海关失守。

他不会出什么事情的，他的武功虽然不算绝顶，但是对付清兵应该绰绰有余。

她突然打了个冷颤，清兵可是千军万马啊……

她还听到了另一种传言，吴佾主动投清了。

她不知道他这么做的动机是什么。

但她知道一定不是荣华富贵，也不是功名利禄。

若他为了这些动摇，当初她绝对不会爱上他。

那是为了什么？

难道是她？

不管为了什么，她的心里乱作一团。

她接受不了他投清，就算是因为她。

可是她更接受不了他的死亡。

她知道，自己这么做事很自私的，毫无什么民族气节可言。

可是她有她的想法。

她从小只有人教她怎么去杀人，怎么去想尽一切办法达到自己的目的。她仅有的一点人性，应该也是受母亲的遗传。她身边的人，不是想杀她，就是想从她身上得到某种利益。

除了蓝殇，如今她还不知道他的意图。

剩下的，只有吴佾是真心爱着她的。

如果，他真的已经降清，她又该何去何从？

吴佾，你给我出的这道难题，叫我如何解决呢？

朦胧间，她仿佛看见了他，看见了他微微上扬的嘴角。

他变了好多，与在姑苏见到时已大不相同，轻便而耀眼的铁甲在寒光中发亮。

但他好像又没有变。

他眼中尽是初见时的光景，口中在轻轻唤她。

她微微叹了口气，笑了。

难道她想他到如此地步吗？竟设想出了一个他。

人影却越来越清晰，顾元夕不禁诧异。

难道吴佾已经战死，这是……是他的鬼魂？

顾元夕轻轻起身。

无论是人是鬼，只要是他，她都想见一见，不论会有怎么样的结局。

她跃出窗外。

他望眼欲穿。

他握住了她的手。

她知道这真的是吴佾，因为这双手很温暖。

他身上的铁甲有些冷，映出了他脸上的那道疤痕。

她用手轻轻抚摸着那道疤，没有说什么。

她喜欢他这个样子，无论怎样，只要是他任何样子她都喜欢。

她不想了解他过去做了什么，也暂时不问他将来想如何打算。

他揽她入怀，他没死，一切都不那么重要了。

青纱扬起铁甲，月色透过谁的思念。

他们都不说话。

能再次见到对方，已经是这动荡岁月中的最大幸运。

刚才所想的一切都从顾元夕的脑中散去。

她只沉湎于现在，哪怕周围的世界支离破碎。

她知道，他投清了。

那道难题又摆在她面前。

但她也知道，他千里迢迢来到京城，只为问她一句，愿不愿意和他走。

明察暗访她的下落，半夜潜入江家府邸，她明白他费尽心血才见到她。

她又如何能拒绝他？

他所有的不多，可是都给她了。

可是她又如何同意？

她虽然不在乎天下易主，因为无论兴亡成败，皆是老百姓受苦。

可是她一个汉人，她应该有一个汉人的尊严。

她知道清人要的是奴隶，而她不愿意自己未来的丈夫是奴隶，更不愿意他心碎，她也更不能忍受与他分别，甚至对立。

这样做很荒谬吧，这样做也很自私吧，但她都不在乎了。

这辈子，她只为她自己做这次决定。

而这一次，她只要听从自己的心。

人各有选择，有些事无法强求。

只要还不是绝无可能，他们都还想纠缠下去。

她轻轻吻了他，正如当年在姑苏时的初见，尽管早已非当年。

但他们愿意就这样。

就算被假象迷惑也好,她做出决定了。

尽管知道最后她的结局,但她只是笑,什么也不说。

"元夕,你走吧。"

柒影婆娑间,传来人声。

"蓝殇?"

"是。"

"你为什么要帮我?"顾元夕想起了在惊鸿楼,那时的商寻,他不惜涉险,让她与吴佾相见。

"因为……"蓝殇望向天幕。

"你还不知道我是女子吧。"

蓝殇忽然想起了江离。

"我明白爱上一个人的感受,也明白分离的痛苦。"

"还有,"蓝殇坐在枝头,"我算是你小师叔,我是陈青女的师妹。"

果然,蓝殇是天川派的人。

但是现在这都不重要了。

连折柳门,她都可以暂时放下。

"元夕,我尊重你的选择。"

"你走吧,把剩下的一切都交给我。"

"可是到时候……"

"到时候我们会针锋相对,是吗?"

顾元夕低头,默认了。

"此一去,你是清人,我是汉人,自免不了刀兵相见,我不会与你太过为难,至少不会再出现在你面前。"

"但我也有自己的信念,这点,我无法妥协。"

顾元夕的心颤抖了一下。

难道这就是代价？
选择了至爱便要抛开一切？
"走吧，夜不长了。"
未等顾元夕反应，树间的人影早已不见了。
吴佾拉起她的手，掠出别院。
月下，一匹快马向北疾驰。

一月后，红烛生辉。
满目的红色，荡漾着记忆的涟漪。
那时在姑苏，没有民族的矛盾多好。
大红的纸花在风中摇曳。
欢声笑语，终填不满她心里的缺失。
她不后悔。
可是她也不畅快。
不知何时，吴佾带来一个姑娘。
"元夕，知道你见不惯清人，让这个汉人姑娘跟着你吧。"
二八的年华，一身的青衫。
就连眉目之间都那么像当年的自己。
吴佾是故意的吗？
"你叫什么名字？"
"往矣。"
举手投足间，正如当年的惊鸿仙子。
两行眼泪从她眼角悄悄落了下来。
连名字，都想刻意而为。
往矣……
一切都是往矣了吧。

她也许，已经不是当年的自己了吧。

"往矣。"

那姑娘一愣。

"做我的妹子吧，叫顾往矣。"

那姑娘笑了。

昨日今日，顾元夕一时间难以分辨。

"元夕——姊姊？"

顾元夕笑了。

十六、人生若只

清兵仍在南下。

义军也在逼近。

留给明朝的时间不多了。

胡少箖却一点儿也不在乎。

红，他喜欢他府上四处耀眼的红色。

这似乎时刻提醒他，他将要娶莫焉了。

过了今天，莫焉再也不会叫他箖哥。

会叫他……夫君。

他可以名正言顺地每天守着她，一生一世。

绒花如活了一般，在风中吐艳。

几点雪片落了下来，覆在一片红上，越发显得好看。

胡少箖笑了。

这是京城第一场雪。

烛火跳动着，几个丫鬟忙着剪烛花。

胡府人并不多，几乎全是折柳门的马师，但也还是坐了满满一堂。

他站在堂中央。

他望着门边过来的莫焉。

她的嫁衣很简练，没有太多的花哨。

但胡少棶觉得很美。

从他们初见到今天，过了很久了吧。

他终于等到这一天，等到这个人。

因为两旁的人不太拘束，气氛很热闹，觥筹交错间，聒噪一片。

胡少棶不去管那么多，今天就是要热闹。

他恨不得全天下的人都知道，他娶了莫焉，莫焉是他胡少棶的妻子！

雪下得大了起来，大厅里却很温暖。

雪花落在窗棂上，宛如情人的细语。

莫焉只觉得天旋地转。

她嫁给了胡少棶。

那迟来的幸福，终于是到了吗？

红影似乎把任何别的都抹去了，只留下她眼前的胡少棶。

这份快意，是她一生中第一次享受，好像是梦。但胡少棶拉起她的手，又是那么真切。

莫绯脸上也洋溢着喜气，她轻启丹唇道：

"一拜天地。"

"二拜高堂。"

胡少筱一皱眉道:"高堂都不在了,过。"
在一片欢笑声中,早已是夫妻对拜了。
一切吉祥话,祝福言辞都在莫焉耳畔模糊成了一片。
来自大漠家乡的语调,听得越加亲切。
但她真切地听见了一句对她来说如晴空霹雳一般的话。
"胡公子,你已是半个清人了,怎么不按清人的礼数再行一次礼?"
这开玩笑一般的声音是……
莫绯?
的确是她。
莫焉搓着红绸子的衣角。
这是什么意思?
她不想怀疑他。
但越早问清楚越好。
她猛地转过身:
"胡少筱?"
"告诉我,你已经是半个清人了吗?"
她猛地上前抓过他的手。
座下一片惊呼,但又立刻四座无声,无数双眼睛盯着这对新人。
"胡少筱,回答我,你是不是……"
莫焉一顿,竟再也说不出下半句。
胡少筱的心冻住了。
他知道他爹和清人早有来往,半个清人?
她的意思是在质疑他投清吗?
空气倏然沉寂,雪花也似乎在空中冻住凝结了。

那抹红影似乎变成了当年的血腥，在莫焉的眼中晃动，耳中似乎有耳鸣一般，回荡着不知是谁的尖叫。

一片血色模糊中，爹和娘都倒下了，伴着清人远去的马蹄声，她的抽咽在空中是那么纤弱，却又那么清晰。

醒来后，她便已身处折柳门，是莫先生救了她。

从此她糊里糊涂地有了个义姐，糊里糊涂进了折柳门，糊里糊涂认识了胡少筅。

只不过后面的，她都愿意。

而开始的事，她无法原谅。

时光掩埋岁月，可她却再也忘不了那股刺鼻的血腥味，虽然那时她不懂什么叫屠村。

红影闪得越发厉害。

"回答我！"

她声音飘散在大厅上，充斥着每一个梁间。

胡少筅有些诧异，透过她额前的珠穗，她的眸子全然不像平时那个他的莫焉。

气氛骤然变得很紧张。

谁会料到，这大喜的婚宴，会闹到如此地步？

莫绯的脸上仍然喜气洋洋。

她快步走到莫焉身侧，大声道：

"自然如此，老门主与清兵的头子是兄弟，少主现在也是清人领兵的兄弟了。"

厅上的人都开始窃窃私语，有的还起了哄。

这点的确有很多老一辈的人知道。

莫绯忽又附耳对莫焉道：

"你该不会以为他会为你而背弃他父亲吧。"

"我凭什么信你?"莫焉也悄声道。

"我是你姐姐啊。"莫绯轻笑了起来。

"你并不是我亲姐。"莫焉一顿,"而且你从不可信。"

她转身面向胡少簌,既然已经如此局面,不如就把话说透。

"胡少簌,我只要你一句话。"

"若是清人进了城,你会不会降清?"

胡少簌轻轻叹了口气。

他现在不会降清,绝对不会。

若到兵临城下之时,他也会誓死守城。

他觉得自己这样很傻。

不管是李自成的义军,还是清兵,都一样。

因为到了最后,京城十有八九会破。

到那时,他也不知道自己会做何决定。

折柳门那么多门人,而且很多都在清人的地盘。

他可以带着他们与清人作对,那必会鱼死网破,最终还是逃不出清人的天下。

如果降清了,他这一门可以保全。

就算有人愿意为折柳门,为他胡少簌卖命。

那他们的妻儿呢?

他胡少簌可以战死,可这么多门人没有义务陪着他一起去死。

这叫他怎么回答?

他的心中也是想着大明的,但审时度势,他会选择去降清。

他怕的不是死。

他一人死并不可怕,他怕拉着一群无辜的人一起死。

他担不起。

他不知该怎么开口。

或许莫先生还在世就好了。

事已至此,他不想骗她,更不想骗她跟他在一起。

这样只会毁了她一生,让她后悔,甚至痛苦一辈子。

他无法容忍他自己的欺骗,而且欺骗的是他最爱的人。

焉,你就尽管骂我吧,骂我软弱,骂我没有骨气,骂我……骂我辜负了你。

"焉,对不起,我不想欺骗你……"

"谢谢你。"莫焉轻轻道。

谢谢你?

她气疯了吗?为什么谢他?

没有胡少筱所想的号啕,竟只有这三个字:

谢谢你。

胡少筱突然明白,她理解他的苦楚。

她所谢的,是他对她的诚意。

她明白,他没有瞒着她。

这样,她就满足了。

她不求别的,她也受不起更多的,有人真心相对,此生无求。

但是为什么,他仍会感到如此可怕?

对不起。

莫焉在心中暗暗补上三个字。

为了他的将来,今日不如早做打算,断了他的念想。

四目相对,空气中的冰冷有些化了。

如今,他自然也明白她要做什么。

"筱哥哥,我爱你胜过我爱的任何一个人。"

"但请原谅,这是我的原则。"

"尽管我很卑微,我一无所有,但我是一个汉人。"

无数红影和尖叫在她耳畔回荡,久久挥之不去。

她好像又听见了自己若有若无的抽噎。

她咬住嘴唇,竭力压下了那眼泪,大声道:"我莫焉不会将就于一个嗜血的王朝。"

凤冠猛地被摔落在地上。

一地的珍珠犹如被溅起的水珠,金玉翠影模糊成了一片,向四周散开。

伴着晶莹的眼泪,止不住地滑动。

她忽然冷静了。

良久。

"你我从此……一条陌路吧。"

胡少箖盯着凤冠,不言。

远胜号啕。

那句等了近十年的"夫君",那人到底没叫出口。

莫焉哭了。

痛痛快快地哭了。

她也不想哭,可是眼泪哪里听她的,断线似的流下来。

她却又觉得心中好受了一些。

胡少箖望着莫焉。

早就心理预想过会有这么一幕,他心中早有了准备。

可是为什么,心还是会这样锥心地疼?

不是骤然间被撕扯,却像一根针彻底将他刺穿。

他哭不出来,只能沉默,望着一切。

雪仍在下。

凤冠显得格外耀眼。

一颗珍珠滚落到他脚边。

恰好停下了。

缘……尽了吧……

这是一次极刑,在他心上凌迟,而刽子手正是他最爱的她。

他终于知道为什么哭不出来。

也许心已然死了吧,但为什么不再滴血?

她已经到了门边。

红嫁衣映着一天白雪飞舞。

似乎就要乘风而去,映满他的眼帘。

雪落满红绒花。

她想起第一次在折柳门,第一次见胡少箂,也是在雪天。

只是那在天川。

她顿住,却回眸。

既然无法相守,便潇洒离开。

走吧,无论如何,哪怕是自欺欺人。

她也与他一样伤,一样痛。因为这是对两个人的惩罚。

但她也不悔。

那一程,与君同行。

此一别,遥祝君安。

她在雪中远去,宛如一朵散开的梅花。

她本就是大漠中的孤女。

如今,在天涯的人要回天涯的家。

早已无法回头了。

胡少箂望着她远去。

他俯下身,拾起那颗珍珠,却只是握在手中,不言不语。

莫绯手中紧紧攥着香囊，周围的人都一阵迷茫。

胡少簌想都不用想这是莫先生策划的，而在临终之际，交于莫绯来办。

莫先生一向支持他爹投清。

只要是胡少簌他爹做的，莫先生都支持。

对于胡少簌，他也有让他这样做的意思。

平日里，莫先生也时不时用言语点他，他只当作全不知情。

莫先生之所以器重莫绯，也正因为她有一半清人的血统。

胡少簌淡淡叹了口气。

他猜到了是莫先生让莫绯派人去吴偩那里散播谣言，说顾元夕被召进皇宫，这样吴偩自然会开关放清人入关，那样他的目的也就达到了。

也只有莫先生，知道他爹与清人早有往来。

那么，也是他安排莫绯故意捅破这一点。

他早算到了他胡少簌的选择。

这样做，只是为断了他死忠于明朝的决心？

心好像漏了一般，那种刺痛又回来了。

他满眼都是一片红色，她的嫁衣在风中飘散，围住了他。

他感觉仿佛要窒息。

他不想去恨什么。

可是也没有什么值得他爱。

凤冠反射着白雪映出的光，勾勒出他们初见的情景。

簌簌雪声传来，仿佛是她在远方的等待。

人生有很多条路。

他只想选择与她的。

不论走下去是荆棘丛生，还是山花烂漫。

这辈子，他只在乎一个她。

他不想再这样下去了。

他只想逃离，逃离这片红影，逃离那个不够果决的自己。

思绪游走间，四周的门人似乎都变成了她，对着他痴痴地笑。

风有点冷，吹灭了厅上的红烛。

雪落在他指尖，化成了水，却无处漫溯她的气息。

"莫绯。"

他缓缓开口，人已经到了门边。

莫绯猛地一惊。

从刚才她便知道，不对了。

言语中既不温暖，也不冰冷。

既没有爱，也没有恨。

一道碧光出手，莫绯的瞳孔猛地收缩。

天塞箖笛？

他想杀了她？

那道光准确地插进她腰中的丝绦。

"莫绯，这折柳门门主由你来做吧。"

"我累了。"

他终于明白莫焉和莫绯二人之间的不同了。

莫焉的心是活的，莫绯的心是死的。

莫绯呆住了。

风穿过梁间，仿佛泣诉着谁的别离。

雪花落在了他身上。

远处似乎只是白茫茫一片，仿佛回到昨日与她初见的场景。

人生若只如初见。

若真的能再来一次，多好？

他绝不会将她藏在心中那么久，他一定会果断地同她一起面对。

不再犹豫，不再退避。

早些告诉她，他想与她白头到老。

一切旁人都不重要，他不要活在旁人的阴影下，也不要再为别人的意志而纠结，他要去追寻他想要的。

再来一次，多好？

可是舞台却已谢幕，台上已曲终人散。

"少掌门，你去哪里？"

天地那么大。

天涯海角，总有一天，他会遇见她。

无论那时是红颜，还是白发。

若这辈子，他寻不到她。

那好，下辈子，下下辈子，他绝不放下。

这辈子，他都做了什么？

他真正又得到了什么？

珍珠落在地上，跳动着，最终滚到不知名的角落。

"门主！"

一众人冲到门前。

一声悠悠叹息回荡在空中，犹如断了线的风筝，在云中不见。

天地茫茫。

何曾有人走？

何曾有人来？

十七、呦呦鹿鸣

　　武林大会，在武林中算是首屈一指的盛会。
　　武林大会，每逢二十年举行一次。往往在天下最兴盛的门派举行，所以各大门派争相筹措。
　　与会者大多是各门派的风云人物，定期会面以便促进各门派团结。
　　其实不言而喻，这一盛会的真正目的是夺取武林盟主一位。
　　今年不同以往，因为大会多了另一个主题——
　　清兵南下。
　　江越作为武林泰斗，自然不可缺席。
　　但他另有打算。
　　江府。
　　"离儿，过来。"
　　江离俯身施礼。
　　自见过蓝殇后他的病好得差不多了，性子也舒缓了一些。不再天天绷着一张脸了。
　　"父亲，有何吩咐？"
　　"我知道你有心上人了，你若争得盟主之位，与那人一刀两断，我便……"
　　江离猛地一惊，转而冷冷道："我若说不愿意呢？"
　　"那今年的武林大会必会血雨腥风。"

"我知你的心上人是何方神圣，当年我就怀疑他了。"

"的确，能治好你这一身疾病的人，只会来自一个地方。"天川派。

江离点了点头，转身离去。嘴角挑起一丝微笑，爹是不是太小瞧蓝殇了。

武当山。

云雾缭绕。

各派弟子在山下络绎不绝，虽然真正与会的各派只有二到三人，但仍有各派弟子愿意旁听，因为这也是武林中至高无上的荣耀。

忽然，只听闻山下一阵混乱。

"那便是武林泰斗江大人。"

"果然啊，已过花甲，仍是风姿不减当年。"

"他身后的便是江离吧，江家独子，今年想必是冲着武林盟主来的。"

如今的武当掌门便是虚怀道长的得意门生三清。

虚怀道长一生只有三个入室弟子，首徒玄清，次徒便是江越，小徒弟便是三清，近几年虚怀、玄清先后宣布闭关，所以这武林盟王的位置自然便给了三清。

但众人皆知，实际上是江越掌握大局，只因他是俗家弟子，所以无法名正言顺地接位，才由三清挂名。

三清，其实就是江越的傀儡罢了。

所以武林中人大多只闻江越而不闻三清。

忽然听得山下又闹开了锅，峨眉派的人到了。

何汐当年接任峨眉掌门之时多数武林人士不同意，认为她与天川派陆渊有染,会败坏武林风气。

但现在看来并非如此,峨眉是继武当、少林之后的第三大门派。

峨眉派少有如今这般兴盛。

昆仑、少林、崆峒等各派掌门及天下名侠都纷纷到会,唯独点苍派未到。

点苍派远离中原,又深入苗疆,向来不喜与中原各派来往,近三十几年更是疏远。

有不少人传闻,这是因为,点苍派掌门与当年天川派谷主蓝肃霜交情非凡。

熙熙攘攘好一阵。

风松不语,人流不止。

武林大会的气派,果真不同,热门非凡。

待众人在武当大殿坐定,三清道长缓缓开口道:

"家师虚怀道长,已于前几年仙逝了。"

座下一片议论纷纷。

有几个眼闪泪花的,也有几个暗自叹气的。

但更多的是诧异。

"小道因家师仙逝,无心武林事务,此会以后,小道意欲闭关,望诸位选贤任能,在众位英雄中,另选贤能。"

虽说三清并无太大的胆识,任武林盟主以来也是任凭江越摆布。

但也并未让武林中出太大的乱子。

这也算他的本事。

而且天下皆知,他人是极好的。

但是此话一出，厅上立刻紧张起来。

殿前的众位旁听弟子却抑制不住的兴奋。

往年会上，必会先讨论各项事宜。

哪知今年，竟单刀直入，直接选武林盟主。

眼下必会有一番精彩的打斗。

最有希望的江越却只是安然坐定，仿佛不关己事。

但众人都望着江越。

如今，三清闭关，玄清道长也于几年前闭关，现在江越是武当派中辈分最高的前辈了，同时，他又是虚怀道长的徒弟，自然众人全在等他发话。

"不知哪位少年英才，有意此位？"

"江前辈，小辈愿担此任。"

说话的正是昆仑派大弟子祖恒。

但大厅的另侧又有人言："祖恒哥哥，小妹也想领教一二。"

只见一个女子闪出人群。

人群又是一阵纷乱。

峨眉派掌门何汐的关门弟子陆韵，是武林上有名的美女。

厅上殿下，已有人神魂颠倒。

转眼之间，两人已在殿前过了十余招。

江越却只是回头，对身后立着的江离耳语了几句。

江离一皱眉，却也不再说什么。

殿下的昆仑和峨眉弟子早较上了劲。但一时半会儿，两人竟然不能分出胜负。

何汐微微一皱眉。

若照平时而言，祖恒自然是不如陆韵。

但此时不知为何，陆韵一时竟赢不了祖恒。

陆韵心中微微一笑。

她故意招式花哨，只为迷人视线。

现在展示够了峨眉的灵动招式，是时候真正出杀手了。

长剑飞出，直取祖恒心脏。

"韵儿，你做什么？"何汐已然站了起了，迟疑了一下，却未迈步。

"师兄！"

因早有规定，场上晚辈想斗，各派掌门不得出手，但如今，慌忙下，各派想救，却已然来不及了。

祖恒的长剑也到了陆韵的咽喉。

一时间厅上殿前众人都不知所措。

只听"啵"一声，两柄长剑脱手飞出。

一个青花瓷茶盖落在地上，打了个粉碎。

"两位何必较真呢。"一人幽幽道。

众人都松了口气，但立马又警觉起来。

这个手上力道极其精准的人，到底是出自何派？

风扬起一头白发。

江离冰冷的眼神在两人间来回游走。

整个武当骤然都安静下来。

这个少年竟到了如此境界。

他是什么身份？竟敢如此插手？

祖恒和陆韵的脸色都有些难看了。

他一个小小的茶盖，就使他们两柄长剑脱手，传扬出去，叫昆仑派和峨眉派如何在天下人面前立足？

他两人一对视。

两柄长剑同时向江离刺去。

　　殿上的三清一皱眉，正想开口训斥他们两人以多欺少，却立马被江越止住了。

　　江越只是笑着摇了摇头。

　　殿下的昆仑峨眉弟子正暗自担心，见两人一同向江离攻去，心中松了一口气。

　　祖恒和陆韵皆不是无能之辈，也都算当今天下年轻一辈中的精英。不管是谁，两人齐力难道会打不过一个吗？

　　江离微微一笑，飞身避开他二人。

　　再回身，一柄长剑出鞘，映着江离一身白衣。

　　这是他第一次，在天下人面前拔剑。

　　千万双眼睛凝视着江离。

　　虽说江离早已名声在外，但天下人对他的印象皆是一个病痛缠身之人。

　　但现在天下人都知道，他们错了。

　　陆韵和祖恒额上早已冒出了细密的汗珠。

　　江离的一柄长剑如游龙一般，丝毫不见破绽。

　　厅上的各派掌门都暗自惊叹。

　　这少年的功力竟在他们多数人之上，为何从前从未见过他拔剑？

　　眼看两人便要不敌江离，忽闻一声剑啸，众人一声惊呼。

　　另一人飞身挺剑也刺向江离。

　　此人正是峨眉派的大弟子沈玉，眼见师妹要吃亏，再也忍不住，便仗剑攻了过来。

　　厅上的何汐一皱眉，望向三清，使了眼色。

　　三清会意沉声道："住手。"人已飘身到了殿前。

四人皆住手，向三清施礼。

三张脸上笑颜款款，一张脸上漠然如冰。

三清缓缓走到江离身前。

"江公子，你少年英才，这天下的武林盟主之位，便交于你吧！"

他转向两旁的各派弟子，大声道："还有何人愿争此位？"

四下一片寂静。

这个江离，不来自任何武林门派，没有任何人见过他拔剑。

第一次在天下人面前展露武艺，便成了武林盟主？

荒谬至极。

但，这也是真的。

各个门派的少年公子心中皆有些不满。

此人容貌才华压过他们也就罢了，武功上竟也让他们抬不起头来。

难道他真的是放在神案上的神像毫无缺点的吗？

但是谁又敢争？

单打独斗，莫说他们，怕是各个掌门出手，也不一定能取胜。

江离只是望着三清，闭口不言。

"江公子，你可愿意担天下武林盟主一位？"

厅上的江越盯着江离，手慢慢攥成拳。

江离透过三清望见了他父亲，仍只是默然不语。

三清一皱眉。

难道他不想要这个位置？

荣华富贵，权力美人，都唾手可得，为了这个位置，明里暗中，不知流了多少血。

这个江湖，本就是血染的弱肉强食，实在是真实。

如今不流血的美梦，他竟会不要？

"江离，你愿不愿意担此位？"

声音回荡在山谷。

"江离的命是我救的，江离的人自然也是我的，他做不做天下武林盟主，自然我说了算！"

所有人的脸色都变了。

冷汗从所有人额头渗出。

这是他们从小听说的噩梦，现在梦要成为现实了。

曼珠沙华似开在风中，一袭白影闪到江离身后。

半仙半鬼的脸映着武当的幽山白云。

三清眯起了眼。

蓝肃霜？

江越轻轻一笑。

终于还是来了。

十八、望尽天涯

千万双眼睛凝视着殿前的两人。

江离已转到蓝殇身后。

他附耳轻声道："做什么？现在跑来？"

虽说明知江越让江离争夺盟主之位，是为了让她蓝殇现身。

但蓝殇不理会这些。

今天本就是来算账的，她也无所顾忌。

见了江离有些白的脸色，她暗中伸手号了号他的脉。

见无太大的异常，蓝殇心中松了口气。

"再不来，就晚了。他们叫你做武林盟主你就做？"蓝殇轻声道，说话间有些微愠。

江离微微咳嗽了几声。

虽说身体已无大碍，但刚才一番打斗，还是有些伤到了内气。

蓝殇缓缓抚平了他的咳嗽，没再说什么。

一双双瞳孔猛烈地收缩。厅上有几个脸上不经有些泛红了。

他们将来的武林盟主，竟同一个男子做如此亲昵之举。

关键是这个男子竟是天川派的人？

难以置信，简直笑话。

一直安如泰山的江越也缓缓起身，与三清一同走到殿口。

"蓝肃霜，别来无恙。"三清沉声道。

蓝殇撇开三清不理。

"江大人，"蓝殇缓缓道，"我日日夜夜都想着你呢。"

一旁的三清有些恼了，呵道：

"蓝肃霜，你今日到底又要做什么？"说话间手已扶上了剑柄。

蓝殇摇了摇头。

"道长那么急着送死做什么？"

他昂起头，对四周轻轻一笑。

"我今天是来讲故事的，不知诸位可有兴趣听？"

谁敢不听？

蓝殇嘴角浸透着笑容。

"好多年前,我们的江大人还是江少侠。"

"那年江少侠四处游历,行到苗疆,恰逢苗族内乱,江少侠心肠一热,便救下了当年的苗族圣女。"

"此人便是江大人的义妹。当年公认的武林第一美女,江倩兮。"

四下虽无人敢言,但心中皆有惊异。

江倩兮的美貌是人人皆知的。

但她还是苗族圣女?

"江倩兮的美貌自不必我细说,同许多在座少年时一样,江大人也爱上了她。但江倩兮已入族谱,与礼不合,只好作罢。"

"而且郎有情,妹无意。江倩兮爱的是武当山虚怀道长的关门弟子——蓝肃霜。"

座下一片议论纷纷。

这点,众人早有耳闻,不想是真的。

蓝殇一挑眉。

"于是江大人便心生妒意,同三清道长一同告到了师父虚怀道长处,按武当门规,这是逐出师门之罪。"

"但是……"

一抹冰冷闪过蓝殇眼底。

"江大人让你们诸位看到的,是蓝肃霜半身武功被废,不知去向。"

"可惜……"

他看着一张张迷惑的脸,叹了口气。

"若是虚怀那个老儿还在,便可帮我作证了。"

此言一出,众人的脸色都有些难看了。

虚怀道长在众人心中是神一般的存在，如今又是新丧，他怎能对虚怀道长如此不敬？

"接下来便是你们都知道的，蓝肃霜又回来了，他不仅武功恢复如初，还在三个月的时间里，盗尽天下各派武功的不传之秘。"

"但这些对于江大人来说，都不如一点重要——蓝肃霜带走了江倩兮。"

说到盗尽各派绝密，场上众人都咬牙切齿。

这也正是天川派成为武林公敌的最大原因。

江越的脸色有些难看了。

"然后，"蓝殇挑起一抹邪笑，"又是三月之内，天川派之名响彻大江南北，犹如阎王一般，常使三岁小儿啼哭。那年冬天，也就是二十年前，上届武林大会召开之时，你们诸位掌门应该都不陌生，便有了那次天川血战。"

风吹起来了，山顶已有了寒意。

这岂止是耳闻。

无论参加过这一战的，没有参加过这一战的，都如雷贯耳。

殿前有好多人开始有些眩晕。

那一战，雪花漫天，鲜血遍野。

当年虽说剿灭了天川派大多门人，但武林各派的损失也难以估计。

厅上众位掌门的头上开始冒出了细密的冷汗。

他们当年，皆是作为各派最年轻的弟子参战的。

那尸横遍野的景象，那直钻入鼻孔的血腥味，成了他们一辈子的魔障。

"不得不说，那一战，江大人组织得很好，天川派的死亡难以计数,但刀剑无眼,江大人的父亲江云泽也死于此战。"

"江倩兮悲痛万分,纵身跃入大火,你们或许不知道,她当时怀孕了。"

一抹悲哀在江越眼底散开,久久未去。

"自那以后,诸位应该都松了口气,因为蓝肃霜再次失去去向,天川派也就此沉寂。"

那衣袂纷飞的纵身一跃,了结了这场血战。

天川派、蓝肃霜慢慢尘封,成了武林中,谁也不敢去揭的伤疤。

但他那半仙半鬼的面庞,似有似无的邪笑,化成了他们无数次夜阑惊醒的冷汗。

"所以说……你到底是……"

三清竭力掩饰心中的恐惧与心虚,但颤抖的嘴唇出卖了他。

"道长别那么紧张,"蓝殇笑着道,"我不是蓝肃霜,家父早于前些年仙逝了。"

众人心中一松。

"在下是他的遗孤——蓝殇。"

心又提起。

殿前厅上,不知有多少人在颤抖。

蓝殇的声音回荡在空中。

血,到处是血雾,弥住了他们的眼睛。

难道当年的一切又要重演?

"不会的……"三清小声喃喃,那年的刀剑血影在他耳畔连成一片耳鸣。

扶住剑柄的指尖早已颤抖着松开。

"不会的,那个孩子死了……死了!随江倩兮葬身火海了,你一定是鬼,是他的鬼魂……"

他的声音渐渐弱了下去。

"这就是道长小瞧家父了。"

蓝殇笑着喷了喷嘴,他越是笑,众人便越是不安。

因为那笑容不是来自人间的,而是地狱为无数孤魂野鬼敲起的丧钟。

"江倩兮死了没有错,但我蓝殇活着。"

"我爹怎么会轻易让我死呢?"

朔风漫天。

空气被寒气冻结,又骤然炸裂。

风中吹去蓝殇脸上极薄的一张东西。

待再看时,她脸上白净无比,哪来任何伤疤?

这下谁也不难看出,她是个女子,绝世的女子。

但多少人都顿住。

多少颗心都漏了一拍。

这个令人闻风丧胆的魔头,竟是那么像当年的江倩兮。

只是眼神中多了些什么,反倒更像蓝肃霜。

一时间,整个武当山,一片寂静。

只有风声过耳。

到底是喜是悲?

良久。

江越忽笑道:"贤侄远道而来,武当山山势险峻,不知贤侄是如何上得山啊?"

蓝殇轻笑点头。

看来他能把持武林大局那么多年,不是毫无理由的。

果然这是个残酷的江湖，能者才有更大的权力去决定他人的命运。

在大多数人都乱了分寸的时候，他仍能沉住气，如此不动声色地打听他想知晓的一切。

"诚劳江大人关心，不想江大人如此欢迎我，派那么多人在山下迎接我，若问我是怎么上来的嘛……只有四个字可相告，挡我者死！"

四字如冰，重新凝住了空气。

江越的眉间微微动了动，但立刻又成了方才的一副云淡风轻之态。

众人心中都不禁一惊。

武林大会在武当举行，各派皆选派了顶尖的弟子在山下守候，以作安全之策。

江越更是早就料到蓝殇会现身，在山下暗中布置了一众武艺高强的弟子。

如今，没有一丝喊叫，没有一丝异动，没有任何一人察觉，蓝殇便已到山顶了。

她是如何做到的？

天川派的武功真的已经到了这种境界吗？

刚刚有些散去的阴冷又回来了。

血腥气在风中四处飘散。

刚松了口气的各派掌门、弟子们又如弦一般绷紧了。

众人都不由自主望向江越。

虽说听了蓝殇的故事，对江越有了些看法，但在这个紧要关头，他还是最可信赖之人。

见了江越安然之态，众人也就淡然了些，但仍然掩饰不住埋藏在心底最深处的颤抖。

蓝殇的余光扫过四周一众人。

"诸位掌门不必如此惋惜,承蒙诸位掌门的精心教导,山下弟子中无人被杀,因为一路上放我者多,挡我者少,而真正能挡住我的,我也不忍心再杀害他了。"

不忍心?

天川派的人也有不忍心的时候?

众人用眼神四周询问。

到底是他们真的误解了天川派,还是蓝殇只是在做戏?

"江大人,今日我来,本是想血洗武当,而如今,我改变主意了。"

蓝殇望着身边的江离,轻轻一笑。

江越仍是笑着,听着。但拳头不禁握紧,蓝殇真的那么在乎江离吗?

他,不信。

"我只有两个条件。"蓝殇缓缓向前踱了几步。

"一、天下武林不得接清人赦书。"

"在这一点上,我与贤侄想法一致。"江越沉声答道。

他望向厅内众人,众人皆用眼神默许。

蓝殇点了点头。

"好,天下武林也算有些名堂,不枉费我来一趟。"

"二……"蓝殇眯起了眼睛。

"放了我想要的人。"

江越笑了。

"恕这一点,我无法答应。"

"好,干脆。"

蓝殇把玩着刀鞘,手指抚过一丝云纹。

众人还未看清,只见如两片弯月闪过,刀已出鞘。

寒气。

这对刀,很薄,很短,但极其凌厉,让人不敢直视。

"那一年,你屠我中原武林之人不计其数,今天,该还了。"

戏谑终于从她脸上消失,江越的笑容也化为泡影。

只闻听一声长啸,天下各派的掌门、弟子在殿前聚集成黑压压一大片。

当时,有弟子三千。

很奇怪,人如此之多,山巅却如此之静。

之前,所有人心目中的恐惧,也渐渐淡了。

死,又算得了什么呢?

能见识到如此一战,能投身于如此一战中,死又如何?

蓝殇望向天幕,眼中闪过一丝嘲弄。当初,灯下的诺言,如今已成真。

果真,是与整个武林为敌。

风很冷。

雪缓缓落下。

江越仿佛变了一般。

现在终于明白为什么他在京城的一切都要做得如此浮华。

这只是一副很完美的伪装。

两泓秋水出鞘。

四目相对,江离终是没有开口。

"过来。"江越缓缓道。

江离仍是不动,也不语。

"你将是天下武林盟主,你以为,你还能护着她吗?"

"只有我想不想,没有能不能。"

江离缓缓举起了剑。

"她是你什么人?值得你如是付出?"江越轻轻道。

尽管以他对江离的了解,他也不可能回心转意。

江离摇头:"这是一句废话,你早知道的,难道你想让我在天下人面前再说一遍?好,我说,她是我心上人。"

一丝失意划过江越的眼睛。

现在的江离,是多么像当年的自己。痴心于一个与自己很亲近,却不爱自己的女子——江倩兮,他可以为江倩兮变成魔鬼也在所不惜,而江倩兮,却只是一次又一次狠狠地伤害了他。

"以你现在的身份,你以为她不会负你吗?"

也许有些事情,不是外人能劝醒的,就算亲爹也不行。

江离凝视着蓝殇的眼睛,眸子中犹如水一般。

他对旁人都冷冷冰冰,只有对蓝殇是暖的。

这辈子,无论她如何选择,如何对待。

他以此生,赌她一人。

"我不管她负不负我,但今生,我绝不负她。"

江越轻轻摇头,知道他再也不会改变了。

世间真还有如此天荒地老、生死不渝的情吗?

从前,江越信。

但人活久了,见得多了,他便不信了。

可如今他又看见了。

江离心中微微一颤。

难道父子间非要刀剑相见吗?

他并不是什么神,他也是人,他也会在爱情与亲情间迷茫。

他心中的纠结与痛,不会比江越少。

既然已经做了,那便一如既往地做下去,管他什么生生死死,孰是孰非。

雪慢慢大了起来,落满肩头。

无人在意。

蓝殇眯起眼睛,望着眼前的一众人。

武当、昆仑、少林、崆峒、华山……很好,蓝殇嘴角挑起一丝笑意,没有峨眉,她可以毫无顾忌杀尽一切阻挡的人。

可是如今汐姐姐仍是放不下……

身前是一众人,身后是一个人。

但她不在乎。

为了身后一个人,她可以杀尽天下人。

谁要是杀了江离,她要这里所有人陪葬。

既然走到这一步,她也不想回头了。

望着眼前的一众人,一双又一双毅然的眼睛,仿佛已望尽天涯。

无论她再做什么,说什么,终究也洗不尽那个嗜血的外衣了。

也许也只有身后的人,还值得她拔刀血战。

万事终不过一个死,那么不如一试。

尽管她知道成功的可能性太小了。

她摸了摸下巴。

不同颜色的道袍、僧衣,在白雪的映照下那样清晰。

不过这些分别对她来说都不重要。

今天,她蓝殇遇神杀神,遇佛杀佛。

只要敢挡她的只有一个结局——死。

今天她蓝殇，奉陪到底。

她不在乎旁人所认为的她的血腥，因为一出生，她便扣上了这个帽子。

但她一点也不觉得自己可怜。

既然如此，多一件血腥之事又何妨？

没有人会质疑她这样做。

殿前任何一个人心中都是明朗的，尽管不明不白就卷入了这场即将触发的血战，虽然听了蓝殇所说的故事，他们也迷茫于孰是孰非。

但他们也不在乎。

他们也不去想，因为他们心中自有他们的武林正道。

虽然不知道正确与否，但是有一种信仰总是好的，至少他们有一个目标支持着他们去奔赴，去付出。有一个想法，支持着他们堂堂正正、安安心心地死，有一个他们可以为之执着的选择。

剑寒。

刀冷。

日月无光。

蓝殇轻轻一笑。

这本已注定是她最好的结局。

"你以为你还能走吗？"

"你以为你还能拦得住我吗？"

十九、陌上红尘

刀剑蔽日,血战即将。

只听一声剑啸,一柄长剑向蓝殇飞过来,却被江离架住。

蓝殇转过身,望着那从山下来的人,对江离缓缓道:

"你先让开。"

江离放下剑,蓝殇上前道:

"何必呢?何朔,我本不想杀你。"

来人正是何朔。

作为武当派的俗家弟子,他无心天下武林盟主。

他知道蓝殇此次必定会来,于是在山下把守。

岂知蓝殇只是打伤了他,并未取他性命,他便一路追上了山。

见何朔左肩已有伤,血浸透衣衫,几个武当弟子早已按捺不住。

有些与何朔交情深的武当弟子便想拔剑上前,但都被江越拦住了。

江越明白他们间的仇怨。

这点时间,应当留给他们。

"蓝殇,当日在伽越寺,你给了我玉牌,为什么今天,你不杀我?"

"何朔,"蓝殇皱起眉头,"你真的就那么想死吗?"

何朔提着剑,竟一时语塞。

"何朔,这玉牌……"蓝殇轻轻道,"此后只为救赎,不为罪孽。"

一个人真的可以改变另一个人很多吧。

"蓝殇,这样岂不是不合天川派的规矩?难道……"何朔狠狠地道。

蓝殇仰起脸,摆了摆手,打断了他。

"天川派的规矩,还不是我蓝殇说了算?"

何朔的手握成了拳。

左肩的伤口又裂开,血与融化的雪水一同流了下来。

血丝渐渐排满了他的双眼。

不。

不对。

蓝殇是天川派的人。

按照道理,他应该恨她的。

他应该对她恨之入骨。

他是武当派的人,又害过陆渊,他们应该老死不相往来。

可是从什么时候开始,他竟然觉得向她拔剑是那么可耻。

他何朔什么时候变得那么奇怪?

那次在船上,蓝殇便知道他是何人,可她纵容了他。

又一次在伽越寺前,她放过了他。

从那以后,何朔便觉得不对。

那种奇怪的感觉在他心中滋长。

本以为今日在武当,一切都可以了结,他也不必再那么累,那么疑惑地活下去。

可是她又打算放过他。

他何朔的命,是仇家一次次心软得来的?

他举起剑,但已不再平静。

"蓝殇,你不是很恨我吗?那为什么不动手?"

蓝殇轻轻叹了口气。

"何朔,你是个有骨气的人,很有骨气的人,我也在江湖漂泊有些日子了,像你这样的人,我很少见到,我不想杀你,因为在我看来,你虽然没什么大用,但你也不坏。你活着,总比那些无用的恶人活得要好。你应该活下去,你有这个资格,所以今天无论如何我也不会对你拔刀。"

何朔突然感到一阵阵眩晕。

天川派,到底是个什么样的怪物?

天下人恨之入骨的天川派少主,竟会劝一个仇人活下去。

那么之前,他有什么脸去恨她?

他心中竟有了一种负罪感,却不知是对陆渊还是对蓝殇。

从前支持他的信念都是:

"天川派是十恶不赦的,应杀。"

但自从遇到了陆渊时,一切都变了。

后来与蓝殇对峙,一切,他心中的戒条都变得粉碎。

他们也许真的没有那么坏。

还有什么比心中的信念被击碎更让人无法接受的事呢?

雪簌簌飘落。

何朔轻轻笑了。

既然蓝殇不肯杀他,那他便自己来个解脱。

剑尖回转间,狠狠地扎进何朔的身体。

他脸上仍是那么地笑着。

最后一刻,他发现自己并没有那么恨蓝殇。

血色飞溅。

蓝殇望着。

他这是作茧自缚。

他很傻气，可是他也很可悲。

在蓝殇的眼中更多的是惋惜。

血肆意蔓延，正如朵朵曼珠沙华。

江越轻轻皱了皱眉。

长啸。

风起。

雪没有停。

一群人上来，又倒下。

血四散开去，却仍有人上来。

后来有人说，武当这一战的死伤人数，远远超过了天川派当年一战。

今天，天下各派弟子才知道，什么叫天川派的武功。

这套武功，最适合这样的屠杀。

所以说以蓝肃霜当年的实力，根本不需要盗取天下各派的绝密，那样做只为解气。

雪寒。

刀冷。

双刀飞舞间，犹如血月，扬起一串血珠。

那么多年来，江湖上再也没有人使双刀如此出神入化的。

血色染尽白衣，肃刹天地。

只不过，都不是她的血。

出剑。

风起。

他不喜欢杀人，可是现在他皆是一剑毙命。

雪落在肩头，分不清是雪还是血。

长虹一般，一柄长剑已经到了近前。

蓝殇微微一笑，是江越。

又一声剑啸，她知道是身后的三清。

寒意翻卷。

她双刀齐上。

她不管身后三清的剑，只要江越的命。

血溅出来了，如烟花绽放。

难道三清的剑已经刺入她的身体？

她感到背后一阵热，却并不痛。

她已杀到忘了疼痛的地步？

还是她已经死了，才感觉不到疼？

好，她嘴角勾起一丝邪笑。

她若死了，江越也一定死了。

她的刀已然压在他的咽喉上。

背后仍不断有热的液体流出。

她皱眉猛然回头，却发现是江离。

一时间，四人停住了。

三清松手，剑却留在了江离的身体中。

而江离的剑只是架子三清的脖子上。

蓝殇的手上尽是滚烫的液体，却分不清是谁的血。

而江越只是沉默着，看着一天雪花簌簌飞落。

也许此时，他比任何一个人都痛。

江离不语，蜂拥而来的各派弟子却立住了。

江离到底是人还是神？

如此深的一剑，他竟然这样生生拔了出来。

血喷涌而出，人竟没有倒下？

一时之间，无人再动。

雪落在伤口上，骤然熔化。

难道这是上天决定让他们离开便如此安排？

只有蓝殇看见了他额头细密的冷汗。

只听他轻轻道："快走……我要撑不住了……"

血洗的长剑落在地上，被雪掩埋。

他揽起她的腰，消失在雪中。

一丝失意浸透了江越的眼睛。

蓝殇在他的脖上留下了一道伤痕。

但他不在意。

犹如被定格的各派弟子也都回过神来。

"江大人……"

江越一挥手，望着地下那血洗的长剑。

他长袖一挥，声如洪钟，嗡嗡作响："各派弟子听令，三个时辰之内，封山，活要见人，死要见尸！"

蓝殇坐在石边，望着倚着树的江离。

三清刺的是蓝殇心脏之处，而江离是反身挡的剑，所以伤在右胸，虽说狠，但伤口处理起来也不算太难，对蓝殇来说很简单。

但是他刚才勉强支撑了一阵子，拔剑后，失血过多，估计一时半会儿醒不过来。

此刻她也不能给他施针，以他的身体熬不过她的针。

望着白雪飞落，她使劲灌了口酒。

自从爹死了以后,她身上就经常带着点儿酒。

从小她就开始喝酒,现在也常喝,但她很少喝醉。

因为大多数时候,她需要绝对清醒。

这倒不纯粹是因为她受蓝肃霜和陆渊的影响爱喝酒。

也是因为这样,可以短暂地找到爹还在的感觉。

可以暂时重回在天山的感觉。

雪更肆意了。

她爱雪天。

因为那样那里就都像天川派了。

天川派的山巅终年积雪。

天川派的山下,是万里草原。

草很高,几乎要割到她的脸。

风飞一样地过。

她常常去放鹰,看着雄鹰盘旋在天空,消失在冰雪间。

没有约束,只有她和她的自由的魂。

轻轻舔去化在指尖的雪。

忽地,有些想念那天川。

酒劲起来了,她感觉好多了,仿佛什么都不重要。

刚才满山的血色都已隔世。

她不是蓝殇。

她也不在武当。

一切都无所谓。

她又怕什么?

都已杀到如此地步,她又还有什么顾忌。

目光停留在倚着树的江离的身上。

能同他一起,已是她心底最大的幸福,无论生死。

都说酒是坏东西，会误事。

但在有些时候，它也是好东西。

蓝殇轻轻托起江离的脸，灌了些酒给他。

这酒极辣，应该能使他转醒。

但是酒又从他的嘴角流了出来，蓝殇皱了皱眉。

她轻轻叹了口气，又喝了一大口，对着他的唇间吻了上去，缓缓将酒送进他的口中。

白雪片片，落在她的发丝上。

忽然，她的脸烧了起来，再看时，江离已然张开了眼。

她想放开。却再也做不到了。

也许也有酒的原因，她的脸越来越红，拿酒瓶的手瞬间软了。

他一个清心寡欲的世家公子，什么时候也学会这些歪门邪道了？

但蓝殇终是不一样。

她漂泊江湖，什么事情没有干过？

莫说这一点，就是着男装时被拉去烟花之地也是有的。

他还是商寻时，为了掩饰身份，也曾戏弄过顾元夕。

这一次轮到江离的脸烧了起来，撑在雪地上的手瞬间指关节发白，他才刚醒来没有多久，只觉得易阵阵眩晕，她的气息吹在他的脸上，脸从来没有那么烫过，他混乱间抓起了地上的酒葫芦，把剩下的酒尽数泼到自己脸上。

伴着一阵剧烈的咳嗽，蓝殇又坐回到了石边。

望着身边的飞雪，听着他一阵阵的咳嗽，她的脸不禁泛上一片红晕。

她竟然这样做了，而且还在这种时候，她想控制自己不去看他，但她根本做不到。

刚刚发生那样的事情，两个人还怎么可能好好相对？

随着一切归于平静，蓝殇才缓缓道：

"你做什么？非要这样残害自己吗？这样的伤虽然算不了什么，但是你为什么要强撑着？再晚一些，失血过多，我也救不了你了。"

江离笑了。

"我知道你不在乎与多少人为敌，山下也有人接应，但眼下这个境况，我们出去的机会更大些，尽管我受了点伤，但我们一走，我爹必会下令封山，这样一来，各派弟子就会分散，虽然无论是哪里看见我们，我爹都会赶过来，到时还是免不了刀剑相对，但其他麻烦倒是少不少。"

蓝殇望着飞雪。

"那与你爹再碰面……"

江离的手放上了她的手。

那份诺言，一同兑现了。

"这个交给我吧，你去解决其他人。"

"我也不知道，该怎么做，但我一定会选择一个尽量两全的做法。"

顿了一阵，蓝殇道：

"现在往哪里走？"

江离站了起来。

"都一样，只要我们走到开阔的正道，总有人会拦住我们的。"

一声长啸响彻整个武当。

山顶的江越飞身跃下。

这座山是他从小长大的地方，他自然很熟悉。

刚才见江离失血到如此地步,他心中也是痛得似剜了一块肉。

江离是他的独子,他疼爱他超过任何人。

再相见,他真的怕他无法做出理智的决定。

山下早已是刀剑飞舞。

江越翻身跃下,挡住了两人。

蓝殇收住刀,让他们父子两人相对。

"离儿,你真的要这么做吗?"

声音中已经有些颤抖。

江离不语,却伸手揽住了蓝殇。

江越的眼睛黯淡下去了。

是啊,果然是他江越的亲生儿子,做出的事情都是如出一辙。

那一年,不知是多少次,他也这样揽着江倩兮,求父亲为他们成婚。

但是江云泽说什么也不同意,尽管武林中有各方面的压力,但他仍然不想放弃。

最终击垮他的不是各方面的压力,而是江倩兮的变心。

现在江离也是这样,顶着各方面的压力,执意要跟蓝殇在一起。

不同的是,蓝殇与他生死一心。

他忽然有些嫉妒了,但自己又觉得可笑。

他怎么会妒忌自己儿子的幸福?

当年的他选择了逃避。

而江离,选择了在天下人面前面对。

雪大了。在风中飞旋。

一时间谁也没有说话。

沉默了良久，江离才缓缓开口：

"爹，原谅儿子的任性，今生只有这件事，我不会退让。"

"我的这身骨肉是你给的，但我的心，已经在别人身上了。"

是啊，心在别人身上了。

江越凄然一笑，这种滋味，他比谁都明白。

"但我会还给你的。"江离笑了。

这样做很多人会骂他不孝吧，很多人会唾弃他吧。

但在他的位置，他真的不知道还有什么更好的选择。

剑尖飞转，刺入江离的左胸。

血飞溅，染红了一切。

他算是一个胸无大志的人吧，放着武林盟主不要，只为了一个女人。

可世上哪有那么多胸有大志的人呢？

蓝殇的眼中是江湖天下，而他眼中，只装得下一个她。

江越只觉得头皮发麻，瞳孔骤然一缩。

仿佛是痴傻了，他再也不知该做什么。

江离的身子一软，斜倚在蓝殇怀里。

那剑的落地之声成了她嗡嗡的耳鸣，眼泪滴在他苍白的脸上。

这是自爹死了，她第一次如此伤心着急而落泪。

热的液体不断涌出来。

她知道这一剑比刚才厉害多了。

"莫哭……"江离抬起手，想抚蓝殇的脸，指尖却抖个不停，"我有分寸的……一时半会我死不了……你还没有……和我成婚呢……"

血绽开，成了天边的红霞。
如今，才明白：
血染的江湖。
天下，又怎敌你白衣如画。
晚了。
白发在风中飞扬。
蓝殇抹干了泪。
"江越，当年你屠天川一次，如今，我回敬天下武林一回。"
"此后，你我两不相欠，再不相见。"
"走吧。"
陌上红尘霏似雾。
到如今，一切前尘，都该结束了。
"别再回来了。"
江越轻声道。
两袭白影在风中远去，只留下一天的潇潇白雪。

二十、风烟俱静

京城破。
清兵入……
一切似乎都在一瞬间改变了。
晨。
铁甲森寒，红影飘摇。
终究心愿了。

风吹起。
飘到那个不知名的大漠,
黄沙漫天,掩着谁的思念。
一切早已不复从前,
金属之声从远方传来。
一个飘摇的身影在风沙中若隐若现,
那人身边伴着一群各不相同的狼。
风更大了。
沙肆虐着。
人却不见。

松间透过月色。
透不过的是陈年的情愫。
钟声在这与世隔绝之地回荡。
青灯古佛,木鱼作响。
不快也不慢,
突然木鱼声猛然顿住。
再也没有响起,
"净尘,怎么了?"
"阿弥陀佛。"
"师太,山门外来了个藩王府吴府的人,还挂着孝。"
沉默半晌。
"送他出去吧!"
木鱼依旧响着。
不快也不慢。

钟声飘远了。

又是一年冬天。
雪花宛如当年。
两匹快马远去。在无边的雪上奔腾，扬起阵阵雪雾。
曼珠沙华在风中绽开。
雪白的发丝轻轻飞扬。
两只雄鹰被放飞，近近远远。消失在连绵的雪山间。
四处都是雪。
一望无垠。
人在风中不见。
只留下马蹄痕和一阵传来的笑语。
雪下着。
风过着。
雪满天川。